장애령 산문선

상하이에서 온 여인

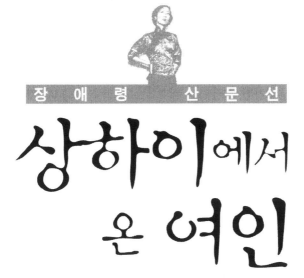

장애령 산문선

상하이에서 온 여인

장애령 저 | 장애령 연구모임 역

學古房

시작하는 말

중화권에서 장애령의 인기는 확고하다. 홍콩과 대만, 그리고 해외에 거주하는 화교권에서는 일찍부터 그러한 열기가 있었고, 대륙에서도 개혁, 개방이 본격화되던 90년대를 기점으로 이른바 장애령 열풍이 일어났다. 우리 한국에도 장애령에 주목하는 이들이 많이 생기고 있다. 장애령에 대한 열기는 올드 상하이에 대한 노스텔지어와 맞물린다. 많은 사람들이 1930, 40년대의 상하이를 추억한다. 또한 중국의 근대를 관찰하는 과정에서 장애령이 호출되기도 한다. 그만큼 장애령은 올드 상하이를 대표하는 하나의 상징적 존재가 되었다.

잘 알려진 대로 장애령은 명망있는 귀족 가문에서 태어났다. 하지만 당시는 신구문화가 격돌하고 중국 내, 외부적으로 수많은 모순과 위험이 뒤섞인 격변기였다. 그러한 시대 속에서 장애령도 자유롭지 못했다. 예정된 수순처럼 집안은 몰락했고, 가정은 해체되었다. 영민하고 조숙했던 장애령은 자신을 둘러싼 여러 상황과 그에 대한 생각을 글로 쓰기 시작했고, 작가가 되었고 인기작가의 반열에 올랐다. 그러나 신중국 성립과 함께 중국을 떠났고 미국에 정착한 이후로는 은둔에 가깝게 조용히 살았다. 그러니까 장애령이 가장 왕성하게 활동한 시기는 1940년대, 그녀의 나이 불과 이십대의 시기였다. 그 점이 참으로 강렬한 인상을 주는데, 그것은 중국을 떠난 이후의 시기와 극명한 대비를 이룬다. 어쩌면 장애령의 신화는 그러한 강렬함에서 비롯되는 것인지도 모르겠다. 올드 상하이의 역사가 그러한 것처럼 말이다.

자, 그렇다면 장애령이 10대와 20대를 보냈던 당시의 상하이를 조금 더 살펴보자. 주지하듯 당시의 상하이는 서구열강의 조계지로 반식민지 상태였고 뒤이어 일본이 침략해 오는 위태로운 상황이 계속되었다. 또한 내부적으로도 국민당과 공산당간의 내전이 이어졌다. 내일을 기약할 수 없는 위태로운 곳이었다. 하지만 또 다른 각도에서 보자면 당시의 상하이는 세계에서 가장 활력 있는 도시였다. 서구의 근대문물이 물밀듯이 밀려오고 사람들이 모이고 돈이 넘쳐났다. 서양의 새로운 문화를 받아들이려는 개방적인 기운이 넘쳤고 아시아에서는 한 번도 경험해보지 못한 새로운 도시문화가 생겨났다. 그리하여 당시 상하이를 다녀온 것만으로도 모던을 체험했다는 말이 나올 정도였다. 요컨대 당시의 상하이는 수많은 것들이 뒤섞인 하나의 커다란 용광로 같은 곳이었다.

장애령은 그 속에서 개인과 일상의 일들에 주목한다. 자신이 보고 겪은 개인의 일상사, 특히나 여성의 결혼과 가정문제 등을 주로 다루었다. 또한 그 과정에서 상하이 유한계급의 세련되고 화려한 부분이 정교하게 묘사되면서 이른바 당대 상하이에 대한 독보적인 풍경화를 완성한다.

장애령 작품 속의 주인공들은 신구세대가 격렬하게 마찰을 빚고 빠르게 변화하는 사회에 제대로 적응하지 못하고 결국 무력하게 비극적 상황에 빠진다. 가정은 몰락하고 가족은 해체되며 여인의 삶은 산산조각이 난다. 그렇게 장애령 작품의 전반적인 기조는 허무함과 비애감이 주를 이룬다. 장애령은 격변기를 살아가는 여성들의 신산한 삶, 다시 말하자면 어쩔 수 없는 구조와 편견, 강요 속에서 고통받을 수밖에 없는 여성들의 삶과 여러 문제들을 특유의 예리함과 섬세함으로 정밀하게 담아낸 것이다. 이러한 장애령의 작품 활동이 당대의 문학계 주류와는 한참 거리가 있었을 것이라는 점은 쉽게 추측 가능하다. 하지만 바로 그 점이 오늘날 장애령이 뜨겁게 주목받는 또 다른 이유이기도 할 것이다.

영화 〈색, 계(色, 戒)〉의 흥행 이후로 한국에서도 장애령에 대한 관심과 인기가 이어지고 있다. 그녀의 여러 작품이 발 빠르게 번역, 소개되고 있다. 주로 소설 작품이 주를 이루고 있는데, 사실 장애령은 소설 뿐 아니라 시나리오와 신문 등 여러 장르에서 뛰어난 성취를 이룬 작가다. 앞으로 장애령의 다양한 작품들이 국내에 소개되기를 희망해 본다. 또한 중국과의 문화교류가 활발한 지금, 장애령의 작품을 옮긴 영화, 드라마, 연극 등도 국내에서 접할 수 있으면 좋을 것 같다.

산문은 한 작가의 내면을 좀 더 직접적으로 관찰할 수 있을 뿐 아니라 문학의 여러 장르 중 가장 고급한 장르에 속한다고도 할 수 있다. 특히나 문자와 문장을 중시하는 중국에서는 오래전부터 산문에 대한 중시가 더욱 두드러졌다. 많은 이들이 지적했듯이 장애령 문학의 여러 성취 중 산문이 이룩한 것 역시 그 어느 것에 뒤지지 않는다. 이 예민하고 뛰어난, 종종 천재로 거론되는 장애령의 산문을 우리말로 옮기는 작업은 그리하여 설레임과 걱정의 연속이었다. 이미 한 차례 그 과정을 겪어보았기에 후속 작업을 계획했지만 오랫동안 선뜻 나서지 못했다. 이번에 여러 학우들과 다시 장애령 문학을 연구하는 좋은 기회를 만나서 함께 번역 작업을 시작하게 되었다. 물론 그 과정은 쉽지 않았고 수차례 진통을 겪어야 했다.

80여 편에 이르는 장애령의 산문은 이십대부터 칠십대까지 이어지고 있다. 지난번 번역이 1940년대, 즉 이십대 시절의 산문이었다면 이번에 번역한 산문은 주로 중년 이후의 작품들이 대부분이다. 좀 더 깊어진 시선을 느낄 수 있으리라 기대한다. 이 번역이 장애령과 독자들을 이어주는 작은 징검다리가 되길 바래본다. 끝으로 어려운 출판 상황 속에서도 매번 멋진 책을 완성해주시는 학고방의 하운근 사장님께 감사드린다. 또한 장애령 산문에 대해 깊은 관심을 가지고 물심양면으로 도와주신 김은미 선생님께도 감사의 인사를 드린다.

역자들을 대표하여
이종철

목 차

9

사람을 만드는 것 造人

　　나는 늘 나이가 좀 많은 사람에게 친근감을 느낀다. 나와 비슷한 또래의 사람들은 약간 무시하게 된다. 아이들에게는 존중과 두려움을 느끼며 완전히 경원하면서 그들을 멀리 할 정도다. 그러나 그것이 '뒤에 난 사람은 두려워 할 만하다(後生可畏)'라는 뜻이 결코 아니다. 그들의 대다수는 어른이 된 후 지극히 평범하고 어쩌면 우리 세대보다도 못할지 모른다.

　　아이들은 생명의 원천 안에서 분출되어 나온 약간의 새로운 역량이다. 그래서 경외하고 두려워할 만하다는 것이다.
　　아이들은 우리가 생각하는 것처럼 그렇게 어리석지 않다. 부모는 대개 자녀를 이해하지 못하지만, 자녀는 종종 부모의 사람됨을 꿰뚫는다. 나는 내가 어렸을 때 내가 아는 전부를 토로하여 어른들을 놀라게 하는 것을 얼마나 갈망했는지 지금도 똑똑히 기억한다.

　　청년의 특징은 잊기를 잘한다는 것이다. 이제 막 어린 시절을 통과했는데 아이들의 심리를 깡그리 잊어버린다. 늙게 되면 또 점점 아이와 비슷해진다. 중간에 거치게 되는 이 시기엔 욕망이 가장 깊어져 아이들과의 접점이 완전히 사라진다. 공교롭게도 이때가 바로 아이들을 낳는 시기다.

아이를 낳은 이가 계속 낳을 수 있는 건 이상한 게 아니다. 그들은 아이를 재밌는 작은 바보라고 여기며, 웃기고 귀여운 작은 악마라고 여긴다. 그들은 아이의 눈은 무섭다는 걸 느끼지 못한다. 그렇게 진지한 눈, 마지막 판결을 내리는 날의 천사의 눈망울을 말이다.

이러한 한 쌍의 눈, 이렇게 판별력이 있는 두뇌, 이러한 신체, 세밀한 고통과 기쁨을 가장 잘 아는 존재를 이유 없이 만든다. 이유 없이 한 사람을 만든다. 그런 후에 대충대충 그를 키운다. 사람을 만드는 일은 위험한 일이다. 부모가 되는 것은 예컨대 하느님이 신의 위치로 쫓겨 가는 것이 아니다. 설령 신중하여 아이를 낳기 전에 모든 준비를 마쳤다 해도 그가 어떠한 인물이 될지 장담할 수 없다. 만약 태어나기 전, 모든 환경이 그에게 불리하게 놓인다면 그의 성공가능성도 당연히 줄어든다.

물론 환경이 어려울수록 부모의 사랑이 위대해지기도 한다. 부모와 자식 사이에는 곳곳에 희생이 요구되는데 그리하여 극기의 미덕이 길러진다.

자기희생적 모성애는 미덕이다. 그러나 이러한 종류의 미덕은 동물로부터 유전되어 온 것이다. 집에서 키우는 가축들도 똑같은 모성애를 가지고 있으니 자랑할 만한 것이 못된다. 본능적 인애는 단지 동물적인 선

12

함에 불과한 것이다. 사람이 동물과 다른 점은 여기에 있지 않다. 사람의 소위 사람됨은 오로지 한 단계 높은 지각과 이해력에 있다. 이러한 논조는 혹 지나치게 이지적이거나 지나치게 냉담하다고 여겨져서 결국 「인성(人性)」이 부족하다고 여겨질지도 모른다. 그러나 사실 동물적인 선함을 기준으로 불만을 표시했으니 이것이 도리어 인간적인 것이다.

동물은 천성적인 자애와 잔혹함을 지니고 있어서 유혈의 경쟁 속에서 살아남을 수 있었다. 자연은 신비롭고 위대하며 불가사의한 것이지만 우리는 자연에 머물 수 없는 것이다. 자연의 방법은 낭비가 심하기 때문이다. 한 마리의 물고기가 수백만의 알을 낳는다. 하지만 다른 물고기들의 공격 속에서 단지 몇 마리 만이 살아남아 어린 물고기가 된다. 어째서 우리는 이렇게 우리들의 피와 뼈를 낭비해야 하는가? 문명인은 상당히 돈이 많이 드는 동물이다. 먹이고 가르치고 곳곳에 막대한 돈이 들어간다. 우리의 능력엔 한계가 있다. 시간 역시 한계가 있다. 그러나 할 수 있는 일, 해야 하는 일은 또한 너무나 많다. 그런데 우리는 무슨 근거로 언젠간 도태될 폐물을 대량으로 만드는가?

우리의 천성은 낳고 번식하려 하기 때문에 많이 낳고 낳고 또 낳는다. 우리는 죽는다. 그러나 우리의 씨앗은 대지에 뿌려질 것이다. 그러나 어떤 불행의 씨앗이, 원한의 씨앗이 될 것인가!

번역 이종철

13

사람을 만드는 것 造人

같은 전차에 탄 여인 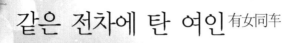有女同車

이것은 구구절절이 진담이며, 한 점의 숨김과 보탬 없이 가다듬지 아니하였으므로, 소설이라 할 수 없겠다.

전차의 이쪽 편에 양장차림의 두 여인이 앉았는데, 아마 혼혈이거나 아니면 포르투갈사람인 것 같았다. 외국계 회사의 여성 타자수 같았다. 말하는 이 하나는 뚱뚱한 편이었는데, 허리춤에는 폭이 세 치 되는 검정 빛깔의 혁대를 차고 있었고, 혁대 아래로는 둥그런 배, 가는 눈썹, 부은 눈두덩이를 가지고 있었다. 얼굴의 절반이 상대적으로 두드려져 있어, 위아래의 구분이 명확했다. 그녀가 말하기를 "…그래서 내가 일주일이나 그이랑 같이 말을 할 수가 없었다니까. 그이가 'Hello'하면, 나도 'Hello'라 말할 텐데." 그녀는 냉냉하게 눈썹을 치켜들었고, 그러자 얼굴의 윗부분도 쫓아서 위로 들렸다. "너도 알다시피, 내가 고집이 세잖아. 그럴만한 이유가 있으니까 내가 완고하지."

전차의 저편의 여인도 "그"에 대해 말했는데, 그녀가 말하는 그는 애인이 아닌 아들이었다. 이 여인은 여사장 차림의 중년 부인이었고, 까마반드르한 쪽진 머리에, 유행하고 있는 외알박이 빨간 귀고리를 차고 있었다. 그녀의 얘기를 듣고 있는 이는 아마 그녀의 조카일 것이다. 그녀가 한마디 하면, 그 사람은 고개를 끄덕이며 공감을 표했고, 그녀도 고개를 끄덕이며 어조를 무겁게 했다. 그녀가 말하기를 "내가 옷 좀 뒤지려고 하니, 그 치가 못 뒤지게 하는 거야. 그래서 그 치가 내 돈을 못 쓰게 했지. 그날 전차에서, 내가 그치한테 표를 사오라 시키니까, 그치가 뭐라고 한 줄 아니? '은전 열 닢 주면, 내가 대신 사올게.' 못됐지 않니?" 여기에서의 "그치"는 흡사 인간말짜 남편을 방불케 했지만, 더 들어보니, 아들이었다. 그 아들은 마침내 더 황당한 일을 벌여, 모친의 노여움을 샀다. "걔 아버지는 걔를 꼭 꿇어앉히려고 야단쳤어. '무릎 꿇어라, 꿇어!'. 걔는 기어코 말을 안 듣고는 우기는 거야 '내가 뭘 잘못했다고 꿇어?' 걔 아버지는 '기어이 너를 무릎 꿇려야겠다. 꿇어라! 꿇어!' 걔는 마지못해 '알았어, 알았어, 내 무릎 꿇을게!' 그리고 내가 말했지 '나는 너 무릎 꿇는 거 원치 않아, 무릎 꿇는 거 원치 않아!' 나중에 옆에 있던 사람이 다 큰 어른이 무릎 꿇고 있으면 무안하니, 아들더러 차 한잔 올리며 '엄마, 화 푸세요.'하라고 시키더라. 차 한 가져오는데, 난 되레 '푸하!' 웃음이 나더라!"

전차의 여인은 나를 구슬프게 했다. 여인… 여인이 일생을 말하는 것도 남자요, 생각하는 것도 남자요, 원망하는 것도 남자라. 언제까지나.

번역 나슬기

차은등 借銀燈

〈차은등〉이라는 제목의 소흥(紹興)[1] 연극이 한편 나왔다. 가사를 알아들 수 없었기 때문에 내용이 무엇인지 시종일관 분명치 않았다. 하지만 그 운치 있고 자연스러운 제목은 정말 맘에 들어서 여기에 잠깐 한번 인용한다. 〈차은등〉의 내용은 분명 수은등을 빌려서 우리들 주위의 풍속과 인정을 비추는 것이리라. 수은등 아래의 일들은 물론 인정(人情)에서 벗어난 일들도 많이 있겠지만, 하나같이 우리들로 하여금 깊은 성찰을 하게 한다.

자, 지금부터 내가 이야기하려 것은 두 편의 영화 〈도리쟁춘(挑李爭春)〉과 〈매랑곡(梅娘曲)〉이다. 어쩌면 이미 시기적으로 늦은 지도 모르겠다. 제 3개봉관에서도 개봉을 마쳤으니 말이다. 하지만 내지와 여러 곳의 연예장에서는 아직 상영하고 있고, 설령 가서 보았다고 해도 우리

- - -

1   중국 절강성의 한 도시. 문호 노신의 고향으로 유명

16

가 잘 알지 못하는 한 무리의 관중들, 그들이 감상한 영화는 토론할 가치가 있을 것이다.

이 글은 영화평론이라고 볼 수는 없다. 왜냐하면 내가 본 것은 영화가 아니라 영화관 안의 중국인이기 때문이다.

이 두 편의 영화는 모두 부녀자의 덕(婦德)에 대해 다루고 있다. 부덕의 범위는 아주 넓다. 하지만 보통사람이 아내의 도리에 대해 말한다면, 종종 다음과 같은 것에 국한된다. 즉 다처주의 남편 앞에서 어떻게 하면 유쾌하게 일부일처주의를 실행할 것인가 하는 것이다. 〈매랑곡〉속의 남편은 화류계를 드나들었는데, 기방에 가서 아내를 희롱했다. 기방에 오는 일반적인 오입쟁이들은 거의 모두 모종의 악몽을 꾼다. 즉 그들의 아내나 딸이 나타나 천천히 다가와서는 그들과 정면으로 마주치는 꿈을 꾼다. 이 놀라자빠질 회견은 당연히 희극성이 가득하다. 우리 소설가들은 이 희극성을 놓치지 않는다. 그리하여 근 30년간 사회소설 속에서는 자주 이러한 국면을 발견할 수 있었지만, 은막에서는 처음 보는 터였다. 매랑은 기방에서 남편을 우연히 만났다. 그는 그녀의 뺨을 때렸다. 그녀는 한마디 해볼 여지도 없이 쫓겨났다.

남편이 바깥에서 바람을 피울 때 그의 아내는 그를 따라 할 권리가 있는가 없는가. 모던여성은 물론 한쪽만의 정절(貞節)에는 공개적으로 반대하고 구시대의 중국 부인들도 이 문제에 대해 완전히 모르지는 않을 것이다. 이런 작은 일에 질투하며 그들은 남편을 협박하여 이러한 보복수단을 취하겠다고 말한다. 하지만 말하는 이는 진지하게 말하지만 듣는 이는 귀담아 듣지 않는다는 말처럼 언제나 그것을 우스개 소리로 여긴다.

남자들은 농담을 할 때 아마도 부인들의 건의 중에 일종의 원시적 평등에 대한 것이 분명 있다는 것을 인정할 것이다. 하지만 중국인들에게 이 문제를 진지하게 토론시키기는 아주 어렵다. 왜냐하면 중국인들은 세상에 간통보다 고소하고 재밌는 일은 없다고 여기기 때문이다. 만약 우리가 억지로라도 그들에게 엄격하고 진지한 판단태도를 가지게 한다면 그들은 분명 반대할 것이다. 순수한 논리적인 윤리학의 관점에서 보면, 잘못을 저지른 두 사람이 함께 있다면 한쪽이 깨끗하다고 볼 수 없는 것이다. 다시 말해 두 개의 악에 한 개의 선을 더할 수 없다는 말이다.

비록 이렇게 말하지만, 이러한 문제는 한가한 휴식시간에 남녀가 설전을 벌이기에 가장 좋은 주제가 된다. 〈매랑곡〉 속의 기방의 한 아내는 아주 당차게, 만찬 위의 연설처럼 자신을 변호했다. 하지만 우리들의 여주인공은 꿈에서도 어떤 권리니 뭐니 하는 것을 생각하지 못했다. 한 악질이 그녀를 속여 그 불명예스러운 곳으로 끌어들였다. 그녀는 그가 자선 성격의 초등학교를 세우는 것으로 여겼다. 그녀를 교장의 직책에 앉혔다. 그런데 남편이 급히 현장에 쫓아와서 그 치명적 오해가 발생하게 된 것이다. 그녀는 애초부터 그녀에게 잘못을 저지를 권리가 있는지 여부에 대해 고려할 기회가 없던 셈인데, 문제의 본질에 다가서지도 못한 채 넘어지고 일어나지 못한 셈이다.

〈도리쟁춘〉 속의 남편은 다른 이들이 권하는 술을 들이부어 곤드레 만드레 취해서 유혹의 손길에 굴복했으니, 어느 정도는 용서해줄 만하다. 그러나 이러한 특수상황은 관중들만이 알 뿐이다. 그녀의 아내는 시종 알지 못했고 알아보려고 하지도 않았다. 조금의 호기심도 없는 듯했다. 그녀는 그녀의 전부인 그만을 알았다. 이 외에 그녀는 아무 것도 관심이 없었다. 만약 그가 불행하게도 죽는다면, 그녀는 그가 남긴 피와 뼈를 원할 것이다. 설령 그 아이가 딴 여자와의 사이에서 난 아이라 할지라도 말이다.

〈도리쟁춘〉은 미국영화 〈정황기(情況記)〉를 개작하여 만든 것이다. 하지만 그 재료에 중국인의 정서가 가미되었다. 영화 속 현처는 고통을 견디며 남편 애인의 뱃속에 있는 아이를 보살폈고, 약간의 고난을 거치며 그 임신한 여자가 낙태하는 것을 막았다. 이러한 여성은 기본적으로 동양의 정신을 갖추고 있는 것이다. 왜냐하면 우리들에게 뿌리깊이 박혀있는 전통 관념은 대를 잇는 것을 중히 여기기 때문이다.

오늘날의 중국은 신구사상이 교류하고 있다. 서방의 개인주의 영향이 우세를 점하고 있는데, 그래서 현대사회에서 이러한 부녀의 전형이 만약에 존재한다면 해석이 필요한 것이다. 즉 예교가 삼엄했던 고대, 이러한 자기를 희생하는 행위 안에 내재된 착종심리도 연구할 여지가 있는 것이다. 아쉽게도 〈도리쟁화〉는 너무 가벼워서 전반적으로 아내와 정부

(情婦)간의 내면은 홀시하고 있다. 마치 그 모든 것이 당연한 것처럼 다루고 있다.

감독 이평청(李萍靑)의 스타일은 늘 그렇게 해피앤딩이다. 특히 남자 관객들이 만족하는 부분은 아내와 정부가 서로 친하고 평화롭고 서로 안은 채 잠자리에 드는 그 부분이다.

이러한 감동적인 이야기, 〈도리쟁춘〉은 쉽게 변죽을 울리며 인생의 여러 중대한 문제를 분석하고 있지만, 그 기회를 너무 가볍게 흘려보내고 말았다. 〈매랑곡〉도 마찬가지다. 미래에 대한 희망이 있지만 논점이 흐려지면서 너무 가볍고 익숙하게 흘러간다. 결국 우리가 봐도 봐도 질리지 않는, 이른바 버림을 받는 여인의 비극으로 귀결된다. 매랑은 아주 바쁘게, 마치 유명인이 연회에 가듯 곳곳마다 존재한다.

그녀는 폭풍 속에서 비틀거리며 걸어가 유리창 너머에 있는 그녀의 아이에게 입맞춤하고는 마지막 숨을 몰아쉬다가 참회하는 남편의 품 안에서 숨을 거둔다. 남자의 기억 속에서 그녀는 호숫가의 연가를 부르기 시작한다. 합법적인 전기물에서 경험할 수 있는 모든 최루제가 바로 여기에 모여 있다. 단지 등불의 영향으로 연출 상에서 많은 손실을 보고 있다.

대부분 이 이상하고 참담한 조명 때문에 극이 표현하고자 하는 즐거운 분위기는 이상하게도 음산하고 차가워진다. 마기(馬驥)가 연기한, 기방 여주인의 그 짧은 거짓웃음은 너무 단조롭다. 엄준(嚴俊)이 연기한

악당은 너무 상투적이다. 왕희춘(王熙春)은 경희(京戲)의 구속을 완전히 탈피하지 못했다. 창은추(倉隱秋)가 연기한 이기적인 소학교 교장은 풍자가 심해서 많은 장면을 빼앗아 가버렸다. 볼 수 있는 장면은 거의 모두 그녀가 독차지해버렸다.

진운상(陳雲裳)이 〈도화쟁춘〉에서 연기한 그 용감한 아내는 너무 유치했다. 백광(白光)은 대사에 한계가 있어서 현실감이 떨어지는 순박한 탕부(蕩婦)같다. 겨우 술잔을 쥐고 마셔라, 마셔라 할뿐 그 다음 대사가 없다. 그저 예쁜 두 눈으로 이 결함을 메꾸려고 하고 있으니 아무리 안과 전문가라고 해도 보기에 좀 힘이 드는 모양을 하고 있다.

번역 이종철

양털은 양의 몸에서 나온다 羊毛出在羊身上
-『색, 계(色, 戒)』를 말한다

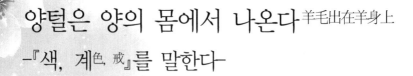

　보잘 것 없는 저서인 짧은 단편소설 『색, 계(色, 戒)』, 이 이야기의 내력을 말하자면 말이 길어진다. 일부 재료는 수중에 존재하지 않는다. 이후에 다시 이야기하겠다. 10월 1일 『인간』에서 외국인 평자가 쓴 "不吃辣的怎么胡得出辣子 (매운 맛을 보지 못한 자가 무슨 수로 매서운 일을 해내겠는가?) -『색, 계(色, 戒)』를 평하다" 라는 문장을 보았다. 우선 아래 사항을 분명히 밝히는 것이 필요하다고 생각한다.

　특무(特務)의 일은 반드시 전문적인 훈련을 거친다. 분명히 말할 수 있는 것은 전문중의 전문이라는 것이다. 훈련을 받을 때 한 가지 작은 약점이라도 발견되면, 이것은 도태에 빠지게 할 수 있다. 왕지아즈(王佳芝)는 순간적으로 애국심의 충동에 기댄다. 이국의 평문은 나에게 말한다. "그녀의 애국 동기(動機)는 한 글자로 설명할 수 없다." 그것은 지금까지 내가 독자의 이해력을 과소평가하지 않았고, 정의감의 표현을 분명하게 쓰지 않았기 때문이다. 그리고 몇몇의 의기투합한 동창들과 비밀정보원의 일을 하기 시작한 것은 비유컨대 양털 뽑기 놀이와 같은 것이다. 그들은 양털 뽑기 장난에 도취되어 보스를 섬기고 스스로 모임을 조직하여 박수갈채를 보내면서 가산을 탕진하였다. 비밀정보 기관원은 근무 시간외에도 자칫 조심하지 않으면 생명을 이어가는 것이 어려울 것이다. 그래서 『색, 계(色, 戒)』안의 프로페셔널한 지하공작원은 오직 한명이고 딱 한번 출현했다. 신룡(神龍)은 머리를 보이지 꼬리를 보이지 않는 법이다. 그 아마추어 정보기관원의 능력과는 큰 차이가 난다. 외국인 평자는 충분히 주의 깊게 책을 보지 않았다. 그래서 근본적으로 "잘 못 알은체 했다."

나는 〈007〉의 소설과 영화에 감정이입이 되지 않아 읽지 않는다. 비교적 사실적인 내용을 쓴 John le Carre 의 명저 『추운 곳에서 온 스파이』[1]-스크린으로 옮겨진 것 또한 명편이다는 아주 예외적으로 보았는데, 그 역시 분위기만 보았다. 표면의 심리를 깊이 있게 묘사했다. 주인공의 상급 수뇌는 비록 표면적 인물이지만 교활하고 음흉하다. 오래된 부하를 희생시키는 것을 아무렇지 않게 생각한다. 내가 쓴 것은 전문 훈련을 받은 비밀 정보기관원이 아니다. 물론 인성은 있다. 또한 정상인 성격의 약점도 있다. 그렇지 않으면 뻔한 인물유형화가 되거나 좌익 문

● ● ●

1 냉전 시대 독일을 무대로 하여 공산주의 동구에 대한 민주주의 서구의 도덕적 우월성이 결코 명확하지 않다는 내용을 담은 john le carre의 대표작.

양털은 양의 몸에서 나온다 羊毛出在羊身上

예 안에서 전형적인 영웅 형상이 된다.

왕지아즈(王佳芝)의 동요에는 원인이 있다. 첫 번째 암살기도는 성공하지 못했다. 부인에게 배상하고 동료를 잃었다. 한 것이라고는 고작 위장결혼을 가장하기 위해 뜻을 같이 한 한 동학의 정조를 잃게 한 것이었다. 그녀가 동정을 잃는 일에 대하여 그 몇 학생의 태도는 상당히 악질적이었다-최소한 그녀의 인상은 이렇게 주었다-그녀에게 제일 호감이 있었던 광위민(鄺裕民)마저도 세속에 얽매였고, 그녀를 아주 큰 충격에 빠뜨렸다 그녀는 심지어 자신이 속았다고 의문을 갖지만 차마 고통을 말하지 못하고 심리에 변화가 생긴다. 그렇지 않았다면 보석점에서 순간 마음이 동요되어 큰 실수를 하는 결과에 이르지 않았을 것이다.

두 번째 착수에서 마침내 그녀는 목표와 사통한다. 그녀는 "매번 이 선생과 같이 마치 더운 물로 목욕하는 것처럼 쌓인 울분을 모두 씻어내었다. 모든 것은 목적이 있었기 때문이다." "모든 것은 목적이 있었기 때문이다." 라는 것은 즉 "동정을 헛되게 희생한 것이 아니다." 라는 말이라는 것은 매우 분명하다. 외국인 평자 선생은 문장의 일부를 끊어 저자의 본의와 달리 제멋대로 사용한다. 끝 문단은 끌어오지 않고 버리고 말한다.

나는 스파이임무를 해보지 않았다. 여 스파이의 심리 상태를 세심하게 따져볼 길이 없었다. 하지만 특무를 처리하는 매국노와 함께 하는

24

것은 "더운 물로 목욕하는 것"과 같을 것이다. "쌓인 울분을 모두 씻어 내었다"과 같은 표현은 사실상 보통사람은 상식적으로 생각해 낼 수 없다.

왕지아즈(王佳芝)는 연극이 끝난 후에도 흥분이 느슨하게 가라앉지 않았다. 뒷풀이가 끝난 후에도 여학우를 데리고 전차에 태워 함께 드라이브를 했다. 이러한 심리를 연극에서 경험한 적이 있던 것 같다. 특히 주인공 소년, 소녀는 모두 체험했다. 그녀는 첫 번째로 이선생과 마작을 하면서 그가 함정에 빠지는 걸 간파하고 돌아와 조직에 보고한다. 이러한 과정은 "한 번의 성공적인 공연이후 무대에서 내려와 무대 의상을 벗지 않은 채 스스로 멋지게 비쳐지는 자신을 느꼈다. 그녀는 그들이 떠나는 것이 아쉬웠고 포기할 수 없었으며 다시 어딘가로 가지 못하는 것이 한스러웠다. 이미 밤의 끝이었다. 광위민(鄺裕民) 그들은 더 이상 춤과 노래를 하지 않았다. 그 철야영업의 작은 요리점에 가서 먹은 돼지의 내장죽은 맛있었다. 가랑비가 내리는 먼 길을 걸어서 돌아왔다. 날이 밝을 때까지 정신없이 놀았다"와 같은 느낌이다.

스스로 공연이 특별히 아름답다고 느끼는 것, 그것은 무대의 매력이다. "그들이 떠나가는 것이 아쉽다"는 것은, 그녀의 관중을 잃어버리는 걸 원치 않는다는 것이다. 보통의 "the party is over"로 술자리가 파하고 사람들이 떠나가는 아쉬움 같은 것이다. 이와 같은 서운함과 여학우를 이끌고 한 한밤중에 드라이브는 똑같이 순진하고 단순한 것이다. "밤 새도록 놀았다" 또한 새벽녘에 작은 요리점에 먹으러 간 것에 지나지 않는다. 비오는 중 걸어서 두 명의 여학생을 되돌려 보낸 것 뿐이다. 외국인 평자는 어떻게 비판을 해야 할지 알지 못했다.

나는 내가 단지 작품을 잘못 이해했기를 바란다. 하지만 어떤 단락들은 이상하게 느껴지는 것이 사실이다. 예를 들어 작가 장애령이 왕지아즈(王佳芝)가 첫 번째로 맥부인의 화신이 되어 이선생의 집에 쉽게 들어가고 패거리의 처소로 돌아온다고 쓴 부분이다. 그리고 그녀가 느낀 점이 "한 번의 성공적인 공연이후 무대에서 내려와 무대의상을 벗지 않았다. 그리고 스스로 멋지게 비쳐지는 자신을 느꼈다. 그녀는 그들이 떠나는 것이 아쉬웠고 포기할 수 없었으며 다시 어딘가로 가지 못하는 것이 한스러웠다." 그 후에 또 "날이 밝도록 놀았다"라고 한다. 그때 그녀는 결코 목적을 달성하지 못했다. 그 뒤에 상해에 도착했다. 그녀는 또 "의리상 거절할 수 없어서" 다시 이(易) 선생을 암살하는 작업에 참여한다. 장애령(張爱玲)의 서술에 비추어 보면, 왕지아즈의 진정한 동기는 "매번 이선생과 같이 마치 더운물로 목욕하듯이 쌓인 울분을 모두 씻어 내었다, 모든 것은 목적이 있었기 때문이다."라는 것이다.

문장 옆에 점은 내가 대신 더했다.[2] "패거리의 처소로 돌아온다." 이

●●●

2   원문에는 "패거리의 처소로 돌아온다"라는 문장에 점이 찍혀있다.

는 패거리 모두 "맥가(麥家)"에 사는 것을 분명히 가리킨다. 그들은 영남대학 학생이고 학교를 따라 홍콩으로 이주한 뒤, 심지어는 교실까지도 홍콩대에 있는 것을 빌려서 썼다. 당연히 숙소도 없었다. 그러나 사는 곳이 반드시 있어야 했다. "맥가"는 임시로 찾은 집이다. 홍콩의 작은 가정은 모두 아파트에 살거나 하나의 마루에 살았다. 만약 이선생 집에서 사람을 파견하여 편지를 보내오거나, 혹은 만일 이부인이 방문했을 때 청년들이 많이 있다면 의심이 받기가 쉽기 때문에 모두 이사해 같이 지낼 수는 없었다. 이치는 분명했다. 그 날 저녁 이곳 "等信"에 모였다.

기왕 모두가 이곳에 살게 된 이상 "그들이 떠나가는 것이 아쉽다."는 말은 그들이 집으로 돌아가는 것이 아쉬운 것이 아니라 그들이 제각기 침실로 떠나는 것이 아쉬웠다는 말이다. 인용문에서는 또 무도회장이 이미 닫은 것을 생략했다. 게다가 광위민(邝裕民)은 근본적으로 춤을 추지 않는다—태도가 가장 진지하기 때문이다—다만 비를 무릅쓰고 함께 밥을 먹으러 갔다. 거기에 다시 "그런 후에 또(然后又)" 세 글자를 더했고 "그런 후에 또 날이 밝을 때 까지 놀았다"라는 문장이 되었다. "날이 밝을 때 까지 놀았다"는 곧 밖에 나가 다니다가 돌아와 무도회를 열었다는 말이 된다.

이후부터 상해에서 매번 이선생과 같이 "마치 더운 물로 목욕하듯이 쌓인 울분을 모두 씻어 내었다, 모든 것은 목적이 있었기 때문이다." 인

양털은 양의 몸에서 나온다 羊毛出在羊身上

용문은 또 다시 문장의 일부를 끊어 저자의 본의와는 달리 제멋대로 사용하고 마지막 문장을 소홀히 한다. 그녀를 색정광으로 날조한다. 이것이야 말로 사람에게 무고한 죄를 씌우는 것이다. 그러면서도 오히려 한마디로 잘라 말한다. "그녀의 약점을 모해한다."

일반적으로 매국노는 용모가 추악하고 마음 씀씀이가 교활한 사람으로 묘사된다. 이 선생 또한 "눈이 작고 튀어 나온 얼굴(鼠相)"이지만, 일반 정형화된 소설 안에서 매국노 색광이 색에 빠져서 즐기는 그런 스타일이 아니다. 미끼가 된 협녀(俠女)는 아직 손에 닿지 않았는데 이미 목숨을 잃었다. 협녀는 정조를 보전할 수 있다. 그것은 마치 소위 "케잌을 먹어치우면서 또한 케잌을 남기다."라는 서양속담과 같다. 그는 방탕한 생활을 했기 때문에 욕망을 절제하지 못했다. 예쁜 여자들은 많았다. 접대할 시간이 없고 바빠서 업무에 숨 돌릴 새도 없었다. 그래서 그를 대하는 것이 더욱 쉽지 않았다. 게다가 비록 "작고 튀어나온 눈"이라도 용모풍채는 꽤 괜찮았다—것은 외국 평자 선생을 대단히 의아해하게 했고, "용모로 사람을 평가하다"는 생각을 면할 수 없게 만들었다—이 점은 매우 중요한데, 왜냐하면 그가 만약 "못생긴 늙은이"라면 (수정 선생의 『색, 계(色, 戒)』 서평을 참고하라) 왕지아즈(王佳芝)에게 찾기 어려운 다이아몬드 반지를 사 주는 것은 본래 당연한 것이고, 그녀를 가슴 두근거리게 할 수 없었을 것이고 "이 사람은 나를 정말로 사랑한다."라고 생각할 수 없었을 것이다.

이 선생의 "작고 튀어나온 눈" "듣건 데 귀한 것이다.", (『색, 계(色, 戒)』 원문) "듣건 데" 라는 것은 당시 그는 괴뢰정부의 부장이 된 후 관상가의 아첨, 또한 그저 신문에 등재 된 사진을 보고 붙인 말이다. 외국인 평자 선생은 말한다. "매국노의 외모를 귀하다라고 하는 것은 정말로 이해를 못하겠다" 나도 이해하지 못한다. 설령 외국 평자 선생이 사주관상을 신뢰한다 하더라도, 모든 세간 관상가의 말이 귀신같이 적중하지는 못한다. 그로 하여금 관상가의 예언은 그 괴뢰정부의 부장이 만사형통한다고 했지만 그의 관직이 오래가지 못하는 것을 맞추지 못했다는 점을 믿게 할 방법이 없다.

이 밖에 외국 평문은 한 가지 문제를 확실히 제기했다. 소설은 부정적 인물을 쓰는데 그들의 내면에 들어가는 것은 마땅하지 않은 것인가? 살인하는 것, 재물을 약탈하는 상습범은 반드시 자신을 악마라고 여기는가. 아니면 자신이 핍박을 당하여 부득이 반항하는 것이고 그것을 감동적인 영웅극이라고 생각하는 게 가능한가? 이(易)선생은 은혜를 원수로 갚아 왕지아즈(王佳芝)를 죽였다. 그리고 자신을 남자 대장부로 여기고 자만했다. 처음 그녀가 그와 같이 보석가게에 갔을 때 분명한 것은 그를 속여야 했다는 것이다. "그는 슬픔이 조금 있다. 원래 중년 이후 이런 종류의 만남을 예상하지 못했다고 여겼다. …그를 자신에 도취되게 하였고 실망을 면할 수 없었다." 이후 그녀는 그를 다 잡아놓고도 그를 도망가게 놓아주었다. 그는 생각했다. "그녀는 여전히 그를 사

양털은 양의 몸에서 나온다 羊毛出在羊身上

랑하고 이것은 평생 첫 번째인 운명적 인연이다. 중년이후 이런 종류의 만남을 예상하지 못했다." 이것은 그녀가 죽은 후 결국 그 자신으로 하여금 한껏 "자아도취"하게 만들었다. 앞의 내용과 일치하고 글자와 문장도 모두 대체로 비슷하다.

그는 또한 자기 자신을 설득시킨다. "지기를 한명 얻으면 죽어도 서운함이 없다. 그는 그녀의 그림자가 언제까지나 그를 의지할 것이라고 생각했고, 그를 위로할 것이라고 여겼다… 그들은 최초의 사냥꾼과 사냥감의 관계이고, 호랑이와 창귀의 관계이고, 최종 극점의 점거이다. 그녀는 이제야 비로소 그의 사람으로 태어났고 죽음은 그의 망령이다."
이방인 평자 선생은 말한다.

"이 단락을 다 읽으면 정말 보통 사람은 소름이 끼친다."

"소름이 끼친다." 바로 이 단락은 내 의도가 달성된 증거다. 많은 고마움을 표하며 나에게 아주 큰 격려를 주었다. 소름이 끼치는 것을 느꼈기 때문에 이방인 선생은 심지어 의심이 생겼다.

어쩌면, 장애령(張爱玲)의 진심은 여전히 매국노를 비판하는 것일까? 어쩌면, 나는 장애령(張爱玲)의 진심을 분명히 파악하지 못한 것인가?

그러나 그는 마지막 한 단락을 다 읽고 결정된 판결을 뒤집었다.

"매국노의 문학을 찬양한다─설령 매우 애매모호한 칭찬이라도"

이야기는 끝났다. 마작판 위의 세 작은 매국노 마님들은 여전히 쉼 없이 약점을 이용하여 재물을 뜯고 사람들을 청해 밥을 산다. 마작 섞는 소리가 지루하게 이어진다. 그 중 한 사람이 말한다. "매운 것을 먹어보지 않은 이가 어떻게 매운 일을 해내겠어?" 문장은 가장 천박한 음을 맞춘 경박한 말이다. 이방인 선생은 묻는다.

> 저 말은 무슨 뜻인가? 고추는 붉은 색이고 "吃辣(매운것을 먹다)"는 "吃血(피를 먹다)"의 의미이다. 이것은 아주 명백한 비유이다. 설마 장애령(张爱玲)의 의미가 눈 하나 깜짝이지 않고 살인하는 매국노 우두머리가 오직 "吃辣"해야 "胡得出辣子(매서운 일을 해내다)" 대사업을 해낸다는 말인가? 이러한 인재라야 "귀한" 남자 대장부라는 것인가?

"고추는 붉은 색, "吃辣"는 "吃血"의 의미이다." 붉은색 식품을 먹는 것은 "吃血"라고 한다면, 그렇다면 토마토를 먹는 것도 "吃血"인가? 또한 매운 음식이 꼭 고추만 있는 것도 아니다. 예를 들어 분증육(粉蒸肉)[3]은 후춧가루를 사용하고 검은색, 흰색 두 종류가 있다.

내가 가장 못하는 것이 논쟁이다. 또한 쓰는 것도 느리다. 실제로 필

양털은 양의 몸에서 나온다 羊毛出在羊身上

묵사건을 가지고 싸울 시간을 낼 수가 없다. 해외 평자가 쓴 이 서평은 겉보기에만 그럴싸한 평론이다. 독자는 근거 없이 억지로 끌어댄 전편을 반드시 다 알 필요는 없다. 임의로 원문을 자르고, 억지스러운 오해와 "그저 주관적으로 그러려니 하고 당연하게 여기는 것"을 알 필요도 없다.

한편으로 그가 재차 밝힌 말 "단지 내가 잘못 이해했기를 바란다", 그가 그런 말을 쓴 것은 미리 빠져나갈 구멍을 만들어 놓은 것이다. 자신의 평을 오해로 돌릴 수도 있고 완전히 책임을 지지 않겠다고 말하는 것과 같다. 나는 내 작품에 대해 책임을 질 수밖에 없다. 그래서 할 수 없이 이 짧은 글을 썼고, 이후로는 이와 같이 하지 않겠다.

번역 김슬기

● ● ●
3 고기에 쌀가루를 묻혀 찌는 요리.

나를 제외시켜라 把我包括除外

과거 할리우드 영화제작자인 사무엘 골드윈은 동유럽 이민자로 폴란드 유태인이다. 원래 성은 골드 피쉬이며, 17세에 신대륙으로 이민 와서 90세 고령까지 살았다. 영어는 시종 능숙하지 않았는데, 역시 개성강한 사람 치고 언어를 잘하는 이 없다는 말이 좀 일리가 있긴 하다. 종종 틀린 말에도 운치가 넘쳐서 급기야 사전에 새로운 골드위니즘(Goldwynism)이란 말이 첨가되었다.

심지어 많은 이들은 어떤 것들은 모두 그의 수하에 있는 홍보부가 주도적으로 만들어서 영화 사교계의 칼럼 등에 퍼뜨려서 대신 유명해 진 것으로 여긴다.

그러나 그의 가장 유명한 몇몇 명언들은 아무나 주관적으로 지어낼 수 있는 것이 아니다. 예를 들면 이런 것들이다. "나를 제외시켜라 (Include me out)", "나는 두 글자로 너에게 말한다. '不', '可能'"(영어로 불가능은 "Impossible"로 한 글자다)

聯副新闢 「문화가」 란은 최근 한 서식을 보내와 최근 주소지의 지명

과 작업 상황을 적어 넣으라고 했다. 이것은 또 그리 비밀스러운 것도 아니고 게다가 나는 이 문화가라는 제목이 아주 맘에 든다. 그런데 문화가를 어슬렁거리며 산책하면서 쇼윈도에 비친 나를 보고 있는데 대중의 관심을 취재하고 있는 라디오방송국 기자를 우연히 만났다. 그는 녹음기를 내 입술에 가져다 댔다. 닉슨대통령이 사직을 하던 그날 나는 할리우드 거리에서 한 사람을 우연히 만난 것이다. 나는 부득이 하게 이 문구를 인용할 수밖에 없었다. "나를 제외시켜 주세요" 이 두 단락으로 서식 가입을 대체할 수 있지 않을까.

번역 이종철

『속집續集』 自序

책의 이름 『속집』은 계속해서 글을 써내려 간다는 뜻이다. 최근 몇 년 동안 글 쓰는 횟수가 적었지만 결코 멈춘 적은 없다. 책 출간 후에 사람들을 자주 만나지 않았는데 이는 펜을 내려놓고 절필했기 때문이다.

며칠 전에 어떤 사람이 오랫동안 매장되어 있던 나의 옛 작품인 『소애(小艾)』[1]를 발굴해 대만과 홍콩 두 지역에 발간했다. 사전에 나조차도 모르는 일이었다. 이는 영문 속담 「말을 물가에 끌고 갈 수는 있지만, 물을 마시게 할 수는 없다」[2]를 뒤집는 것이었다. 물이 찬지 뜨거운지 아는 건 오로지 말(馬) 뿐이다.

들은 바에 의하면 『소애』는 홍콩에서 단행본으로 출판되어 공개 되

----

1   장애령이 1950년에 발표한 소설
2   영문 속담 You can lead a horse to the water,but you can't make him drink. 말을 물가에 끌고 갈 수는 있지만, 물을 마시게 할 수는 없다. 즉 자발적으로 하려고 해야 할 수 있는 것이므로 억지로 시키지 말라는 뜻.

었고, 원래의 필명인 량경(梁京)을 쓰지 않고, 오히려 떳떳하게 나의 본명을 사용했다. 그렇지만 그 대담함은 당연히 내 이름으로 출판된 『소성루흔(笑声泪痕)』의 그 「장애령」보다 못하다. 나는 한 때 홍콩대학에서 공부했다. 후에 진주만 사변으로 인해 학업을 마치지는 못했다. 1952년 홍콩으로 다시 돌아와 3년 동안 살면서 조사한 기록이 있다. 나는 명분을 만들어 대중을 동원 하는 것을 정말 원하지 않는다. 출판사는 『소애』에 대해 다른 꿍꿍이가 있는 사람들이 꽤 있다고 생각해 내가 다시는 세월을 허비 하지 않도록, 똑같은 잘못을 다시 저지르지 않도록 설득했다. 사실 나는 몇 출판사에서 우편으로 보낸 미리 지불한 인세와 계약을 받았지만 어쩔 수 없이 다시 돌려주었다. 첫째로 이 소설이 매우 싫고 『소애』의 이름이 단독으로 출현해서 더욱 싫었다. 두 번째로는 내 책이 줄곧 황관출판사에 속해 몇 년 이래로 틀림없이 많은 사람들이 알게 될 것이기 때문이었다. 다만 요즘 내 마음속에 「말(馬)」이 없음을 탓할 뿐이다. 내가 오랫동안 그라운드에 나타나지 않아 다른 사람들에게는 좋은 기회가 생기게 되었다지만 그 역시 여전히 터무니없는 말일뿐이다.

이런 일들이 나로 하여금 계속해서 열심히 살아야겠다고 생각하게 했다. 단지 나만 책을 적게 쓸 뿐이지 계속해서 어떤 사람들은 나의 작품을 공공재산으로 생각해 마음대로 출간했다. 나의 작품을 함부로 발표해서 심하게 화를 낸 적도 있지만 오히려 내가 그 사람들의 권리를 침범하고 있다고 생각했다. 나는 조지버나드쇼[3]의 유머감과, 헤밍웨이의 남성우월주의적인 것도 없는데 어떻게 이런 당당한 해적행위에 대응을 할 수 있겠는가? 그들은 영국과 미국에서 노벨 문학상을 타는 영광을 얻었고, 죽기 전 생에 합당한 저작권 보장을 받았다. 조지버나드쇼의 『피그말리온(卖花女)』는 무대공연 후 흑백영화로 개편 되었고, 또 〈마이 페어 레이디〉(窈窕淑女)라는 뮤지컬로도 개편 되었고, 컬러 스크린 영화로도 개편 되었다. 이 모두 저작권료를 받았다. 헤밍웨이가 완성한 유작은 누군가 정리한 후에 출판되었다. 그의 상속인들은 여전히 상당한 저작권료를 받고 있다. 만약 그들이 나와 같은 상황에 처한 다면 조지버나드쇼가 그렇게 오래 살지 못했을 것이고, 헤밍웨이 엽총도 일찍 당겨졌을 것이라고 믿는다.

나는 이미 옛 작품이 출판된 이상 아예 종전에 상해에서 남긴 『여운(余韵)』이라는 문집 한권을 출간하기로 했고, 그밖에 1952년 스스로 상해를 떠난 후 해외각지에서 발표했지만 아직 수록되지 않은 책 속의 문장을 한권으로 편집했다. 이름은 『속집(续集)』이다. 후에 다시는 『홍루몽(红楼梦)』속의 이야기처럼 뇌물을 훔쳐 소송당하는 시끄러운 일을 만

3　조지 버나드 쇼(George Bernard Shaw, 1856년 7월 26일 ~ 1950년 11월 2일)는 아일랜드의 극작가 겸 소설가이자 수필가, 비평가, 화가, 웅변가이다. 1925년 노벨 문학상을 수상하였다.

들지 않기 위해 책을 냈다.

「谈吃与画饼充饥」에 비교적 상세하게 쓰여 있는데, 적지 않은 의견을 불러 일으켰다. 많은 사람들은 내가 '적게 먹고 또 아무거나 먹지 않을 것이다.', '속세의 음식은 먹지 않을 것이다.' 라고 생각하는데, 책을 읽은 후에는 크게 놀란다. 심지어 '다른 기술이 있다.' 라고 생각하는 듯 하다. 의식주행(衣食住行) 중에 나는 비교적 의(衣)와 식(食)을 중시 했는데, 지금까지도 이런 점 때문에 사치를 좋아하게 되었다. 적어도 이 문장은 일부 취재인과 「장간」을 자세히 파고들어 보는 사람들의 호기심을 만족 시킬 것이라 생각한다. 이런 고백식의 문장은 꽤 오래 쳐다보지는 않겠지만 깜짝 놀라서 한번 쳐다는 볼 것이다.

나는 명배우 그레타 가르보[4]의 팬이다. 몇 십년동안 그녀는 뉴욕에서 변장과 연기로 은거 하며 살았다. 알아보는 사람이 매우 적을 정도였는데, 일생을 독신주의라는 철칙을 신봉했기 때문이다. 한 폭의 만화를 청초지로 비유한 가르보를 기억한다. 상단에는 「개인의 중요한 땅이니 밟지 마시오.」라고 분명하게 쓰여 있다. 작가는 전용 간행물로 독자와 소통한다. 배우는 반드시 직접적으로 관객들과 대면하지 않으면 안 된다.

●●●

4   스웨덴 출신의 미국 영화배우로 오랫동안 할리우드 MGM의 인기스타로 있었
    다. 무성영화시대의 대표작으로 《마타하리》, 《안나 크리스티》 등이 있다.

왜 작가처럼 사생활 보호를 누릴 수 없나?

「양털은 양의 몸에서 난다(羊毛出在羊身上)」는 어쩔 수 없는 상황아래 써낸 것이다. 의외로 적지 않은 독자들은 작가와 그의 작품 속 인물 간의 관계를 확실히 분간하지 못하고 자주 혼합해 한 이야기로 생각한다. 조설근의 『홍루몽』이 만약 자서전이 아니고 남에 대하여 쓴 것이라면, 혹은 그 두 가지의 합작이라면 굳이 그것을 소설로 읽을 사람은 없을 것이다. 최근에 또 어떤 사람은 『색, 계(色, 戒)』의 여주인공 같은 사람이 확실히 있다고 말했다. 틀림없이 증명 할 수 있는 증거를 가지고 있다고 말한다. 그 사람이 말한 이 보도는 최근에야 비로소 회상록 형식으로 나타났다. 그 당시 괴뢰정권에 비밀요원들의 투쟁으로 내막의 모든 곳이 교체되어 우리처럼 평범한 국민들도 그 세세한 내막을 알게 되지 않았나? 오스카 와일드[5]가 말한 「예술은 인생을 모방하지 않지만, 인생은 예술을 모방한다.」라는 말을 기억한다. 나는 1953년에 구상한 단편소설을 마침내 인생의 종착지에서 마칠 수 있어서 매우 기쁘다.

● ● ●

5   아일랜드의 극작가, 소설가, 시인, 단편 작가이자 프리메이슨 회원이었다.
    날카롭고 약삭빠른 재치로 유명하며, 런던의 후기 빅토리아 시대 사람으로
    가장 성공한 극작가

『혼귀리한천(魂归离恨天)』(가제)는 전무회사 때문에 쓴 마지막 극본이다. 연출가 손을 거치지 않고 회사에서 이미 종결했다. 정말 감사하게도 진우(秦羽)여사가 찾아내어 원래주인인 나에게 돌려주었다. "stale mates"『노탑자(老搭子)』는 일찍이 미국에서 『기자(记者)』라는 격주 간행물에서 출간되었다. 다행히 송기(宋淇)씨가 찾아내서 그것과 내가 중문으로 다시 쓴 『오사유사(五四遺事)』를 같이 편집해 주었다. 내가 보니 뜻밖에도 어디서 본 듯한 느낌이었다. 줄거리는 같으나 표현수법에 약간 오차가 있었다. 마지못해 독자의 취향을 생각했기 때문인데 이는 결코 번역이라고 할 수 없다.

최근 나에 관한 말들을 많이 보았는데, 작품의 불확실한 부분을 깨끗하게 고쳐 쓰는 것을 원하지 않았던 것은 아니다. 본래는 송기씨에게 청해 잘못된 부분을 바로잡는 글을 대신 쓰게 할 참이었다. 그러다 후에 작가는 천생이 사람들에게 오해를 사는 직업인데, 일일이 해명하려면 한도 끝도 없다고 생각했다. 하물며 송기와 문미 그들 부부도 신경 쓰이는 그들의 일이 있기 마련인데 말이다.

나는 줄곧 그들의 건강을 걱정해왔고, 매번 편지를 쓸 때 항상 '반드시 좋아질거야' 라고 말했는데 지난 일 년 간(『여운(余韵)』을 발표할 시기)은 세심하게 살피지 못했다. 그들은 지금 희미한 터널 안에서 모색하는 중이다. 현재 그들은 이미 막바지에 도달했고, 빛을 보았다. 마침 『속집』이 세상에 나온 때다. 딱 좋은 시기라고 생각했다. 이번기회로

40

독자들에게 알릴 수 있어서 더욱 기쁘다. 나는 변함없이, 끊임없이 글을
쓸 것이다.

번역 백재연

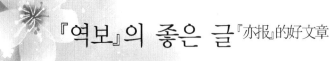

『역보』의 좋은 글 『亦报』的好文章

　　예전에 중학교에서 공부하던 시절 항상 기념책자를 들고 가 무언가 써주길 부탁했다. 책에 써져있던 말은 항상 이런 말들 이었다. 「너의 희망찬 미래를 축하해! XX언니가 기념으로」 혹은 한 편의 영국 시를 베껴쓴다. 「당신 기억의 정원에 한 송이 물망초를 심어주세요」 이런 문구는 정말 가장 일반적인 문구를 골라 적은 것이다. 그 다음으로는 이런 것이다. 「일할 때 일하고, 놀 때 놀아야 한다…」 그 다음의 두 구절은 정확히 기억나지 않는다. 제일 흥을 깨는 것은 이런 종류의 훈계하는 방식의 구절이다. 「학문을 하는 것은 배가 강을 거꾸로 거슬러가는 것과 같다. 앞으로 나아가지 않으면 후퇴하기 마련이다」[1]

　　기념책자에 기념의 글을 쓰는 것은 확실히 쓰기 어렵다. 어떤 간행물의 몇 주년을 기념할 때 한 편의 글을 쓰는 것은, 기념책자에 글을 쓰는

1　역수행주, 불진칙퇴(逆水行舟,不進則退) : 어려운 지경에 처하더라도 반드시 노력하여 헤쳐 나가야 한다. 앞으로 나아가지 않으면 후퇴하기 마련이다.

것과 매우 비슷하다고 나는 생각한다. 그러나 그것이 『역보(亦報)』이기 때문에 아주 절친한 친구에게 기념 책자에 기념 글을 쓰는 것처럼 느껴졌다. 하지만 도리어 또 다른 곤경을 느끼게 되었는데, 감상이 너무 많은데, 겨우 몇 자만 쓸 수 있으니 반대로 아무것도 쓸 수가 없게 된 것이다.

나는 상점에 물건을 사러 가서, 상점 계산대 위에 놓여 있는 『역보』를 보았다. 나는 이내 내 얼굴에 작은 미소가 떠오르는 것을 느꼈다. 또 한 번은 병이 나서 진료를 받으러 간 적이 있었다. 우울한 마음을 품고 갔지만 의사의 진료 테이블 위에 펼쳐져 있는 『역보』의 일부분을 힐끗 보았고, 곧바로 의사에게 어떠한 인간미를 느껴 절로 미소가 지어졌다.

신문은 잘 편집되어 있다. 멀리서 그것이 책상에 펼쳐져 있는 것을 보니 조리가 분명하게 느껴진다. 눈에도 잘 띄고 보기에도 좋다. 신문은 시간성이 있고, '하루'라는 생명이 정해져 있다. 그래서 신문은 결코 어떤 불후의 작품을 요구하지 않는다. 하지만 지난 일 년 간 『역보』에서 한번 보고는 영원히 잊지 못할 매우 많은 글들을 만났다. 예를 들어, '십산(十山)'선생이 쓴 한 시골마을의 여인에 관한 글이다. 그녀는 시집에 와서 학대를 당했다. 그녀는 마을, 구, 현, 그리고 법원 까지 돌아다녔지만, 결국 그녀의 고소를 받아들이는 곳은 단 한 곳도 없었다. 이 글을 본 후 비로소 「무고(無告)」라는 두 글자의 뜻을 느꼈다. 정말 뼈에 사무치는 비통함이었다.

『역보』의 좋은 글 『亦報』的好文章

매일 『역보』를 펼치면 그러한 문자들을 볼 기회가 생긴다. 진심으로 『역보』에 감사한다. 건강하기를.

번역 박혜은

구운 빵 炒爐餠

　2년전 쯤에 『팔천세(八千歲)』라고 하는 대륙소설을 읽었다. 소설 안에는 한 검소한 부자노인이 초노병(炒爐餠)이라고 불리는 일종의 기름 없이 구운 빵을 늘 즐겨먹는다는 내용이 있었다. 나는 이를 통해서 4, 50년 전의 수수께끼가 마침내 해결되듯 크게 느끼는 바가 있었다.

　2차 대전 중 상해가 함락된 후, 매일 "마(馬,)… 초노병(炒爐餠)"이라고 외치며 물건을 파는 행상이 있었다. 상해말로 買와 賣는 馬와 동음이고 炒는 草와 발음이 같았다. 빵을 파는 목청은 맑고 깨끗했는데 '마' 자를 계속 늘려 말했고, 다음 글자인 '초'는 목청을 올렸으며 마지막 '노병' 두 글자는 낭랑하게 끌어올렸다. 그런 뒤 목에 메인 듯 갑자기 멈추었다. 한 젊고 건장한 청년의 목소리였는데, 취두부를 파는 이의 나이 든 목소리와 뚜렷이 대비되었다. 모두 좋은 목청이었다. 훈둔(餛飩)을 파는 이는 아무 소리도 내지 않고 막대기만 두드렸다. 훈둔은 야식이고 저녁에만 팔았다. 취두부도 황혼 무렵이 돼서야 나타났다. 낮은 그야말로 그만의 세상이었다. 그건 아마도 그의 주 고객이 길가 주변의 주민이 아니고 길을 오가는 인력거꾼와 삼륜차 인부, 짐수레꾼, 자전거로 화물을 운반하는 인부들과 각종 행상들로서 낮에 가장 많기 때문일 것이다. 그것은 손을 들고 걸으면서 먹을 수 있기 때문에 가장 편리한 도시락일 것이다.

전시에 자동차는 드물어 차 소리가 비교적 적어 조용했는데 높은 건물에서 멀리서 들려오는 그 길게 외치는 소리를 들으면, 나와 고모는 여러 번 이렇게 말한 적이 있다. "그 초노병은 도대체 어떤 모양인지 모르겠네."

"요즘 많은 사람들이 그걸 먹는데." 한번은 고모가 어렴풋이 말했다. 무슨 생각에 잠긴 듯.

나도 그저 '오'라고 한마디 했다. 그에 대한 인상은 큰 빵이나 요우티야오(油條)같은 평민음식이 아니라 빈민의 음식인 것 같았다. 고모도 아마 그렇게 생각했을 것이다.

어느 날 우리 집에 온 여복이 한 조각 사왔는데, 케이크의 4분의 1만한 것을 주방 식탁 위의 꽃무늬 식탁보 위에 놓았다. 한 척 넓이의 둥근 밀전병이 위 아래 잘려있는데, 그러나 얇지는 않고 1촌 정도의 두께였다. 위에는 검은 깨를 뿌려놓았다. 분명히 구운 떡처럼 화로에서 구운 것이 아니었다. 초노병이 아닐 것이다. 계속 생각해봐도 어떤 글자를 생각해 내지 못했다. 왜 燥가 아닐까? 사실 燥爐라는 것은 말이 안된다. 화로가 마르지 않은 것이 있던가?

『팔천세』의 초노병은 화로에 붙여 구운 것이다. 이렇게 두꺼운 큰 전병은 절대로 화로에 붙여 구울 수가 없다. 『팔천세』의 배경은 공산당이 생겨나기 전 러시아 북부 일대인 것 같다. 그곳의 초노병이 아마도 원래의 모양일 것이다. 비교적 작고 얇은. 강남의 초노병은 아마 근대에 새로운 발전을 했을 것이다. 왜냐면 그것은 중국엔 원래 없던 큰 케이크를 닮았기 때문이다.

전후에는 자취를 감추었다. 아마도 전시의 힘든 날들이 지나가자 아무도 먹지 않은 것 같다.

나는 거리에서 우연히 한번 본 적이 있다. 슬쩍 스쳐 지나갔는데, 그 행상의 어깨에 걸고 있는 바구니, 거리에서 음식을 사는 아낙네의 야채 바구니, 그 바구니는 천으로 가려져 있었는데, 벌어진 한 틈으로 구워서 얼룩해진 큰 전병이 나와 있었다. 빵은 누르스름했고 두세 쪽이 포개져있었던 것 같다. 흰 천은 빨아서 짙은 회색이었는데 보고 있자니 조금 그랬다.

급하게 한번 봤는데, 나는 그 오래전에 들은 대단한 식품을 보는 데만 정신이 팔려 바구니를 든 사람을 자세히 보지 못했다. 아마 검고 수척한 중년이상의 남자였던 것 같다. 나는 또한 예전에 들었던 젊은 목소리와 전혀 어울리지 않다는 것을 생각하지 못했다. 그저 마르고 늙었다.

상해는 각지에서 모여 주민구성이 복잡하고 토박이들은 오히려 드물었다. 먹거리를 파는 이들이 오히려 순수한 토박이 어투를 쓴다. 어떤

구운 빵 炒爐餅

토박이들은 예상 밖으로 전국에서 가장 검다. 최소한 한족(漢族) 내에서는 말이다. 게다가 검은 가운데 얼핏 회색이 있어 일반적인 검붉은 색하고는 다르다. 오히려 남태평양 괌 열도에 있는 미크로네시안과 오세아니아의 검은 회색 피부와 비슷하다. 내가 고등학교에 진학했을 때 사감은 칭푸인이었다. 칭푸(靑浦)와 황푸(黃浦)는 마주보고 있는데, 틀림없이 모두 다 황푸 강변이었다. 생긴 것이 까매서 여학생들은 뒤에서 그녀에게 '아회(阿灰)'라는 별명을 지어주었다. 우리와 동향인 그녀는 아마 일년 내내 밖에서 일을 하셨을 것이고 그래서 햇볕에 탔을 것이다.

거리를 따라 빛바랜 시멘트로 지어진 집의 벽면이 보이는데, 도둑을 방지하기 위해 창문의 위치가 특히 높고, 창문밖에는 요철식의 가느다란 철책이 되어 있다. 길가에 있는 플라타너스는 옅은 갈색에 곧고 둥글게 서 있고, 그림자는 인도의 정교한 시멘트 벽돌 위에 비추다가 눈부시게 내리쬐는 태양아래 완전히 사라진다. 눈 아래 도처는 하얗게 퇴색되었고, 하얀 종이 위에 갑자기 그 시커먼 기이한 그림자가 나타난다. 길쭉한 물건, 원래는 둥근 모양인 것 같은데, 원래 모양을 알아볼 수 없을 정도로 까매서 사람을 놀라게 한다.

이 하나의 바구니, 어떻게 그걸로 충분한 걸까. 그것을 하루 종일 팔아야 할까? 설마 한 바구니의 전병만을 만드는 것일까. 소자본의 장사는 이렇게 작은 것인가. 아니면 힘이 없어서 오직 하나의 바구니만 들 수 있는 건가. 그래서 다 팔면 돌아가는 것인가. 그는 늘 근처에 살았는데, 이곳은 모두 주택가로 촘촘히 길과 연결되어 있고, 판잣집은 없었다. 사실 구역도 좋고 게다가 그 혼자서 독점을 하고 있었으니 반드시 요령을 찾아야 하고 경찰에 돈도 좀 먹여야 한다. 농촌사람이 현재 농촌에 일본군과 평화군이 있어 살 방법이 없어 도시로 나와 하루에 한 바구니의 빵을 팔아 겨우겨우 살아가게 해서는 안 되는 것이다.

이런 것들은 지금 내가 쓰면서 생각해낸 것이고, 당시에는 다만 약간 해괴하다고만 느꼈다. 또한 그 찰나에만 그러했지 이후에 '마…초노병'이란 외침을 들었을 때도 그저 단순히 듣기 좋다고만 느꼈고, 그 검고 말라서 이상한 사람을 완전히 잊었다. 그러나 적어도 나는 그것이 그 시대의 '상해의 소리'라고 말할 수 있다. 저우쉰(周迅), 야오리(姚莉)의 유행가는 그저 옆집 무선라디오에서 흘러나오는 소음이고 배경음악이지 주제가는 아니었다.

하루는 고모가 마침내 그 전병을 한 조작 사왔다. 퇴근해 돌아와 주방 식탁위에 올려놓았다. 그리고는 약간은 참을 수 없다는 듯, 또한 찡그리듯 웃으며 쪼르륵 말했다. "자, 초노병"
신문지가 전병의 일부를 두르고 있었는데, 나는 웃으며 한쪽을 떼어 먹었다. 먹어도 맛이 어떤지 몰랐다. 고모가 먹었는지는 모르겠다. 아마도 여복에게 먹으라고 줬던 것 같다.

번역 이종철

49

구운 빵 炒爐餅

망연기 惘然記

이 소설집은 여러 번 이름을 바꿨다. 처음엔 『전진(傳眞)』이라고 했는데, 나의 첫 번째 소설집 『전기(傳奇)』와 나란히 짝을 이루었다. 예기치 않게 막 自序를 다시 고쳐 작성하고 나서 앉아서 쉬면서 손에 잡히는 대로 『聯副三十年大系』에서 주편을 역임한 이가 쓴 한 권을 펼쳐보았다. 그러자 바로 덜컥 『전진문학(傳眞文學)』이란 단어를 보게 되었다. 당시 나는 학문이 과문했던 지라 그 이름을 내 스스로 생각해낸 것으로 여겼었다.

할 수 없이 또 『한서(閒書)』라고 이름을 바꿨다. 보통 소설은 간극을 없애는 책으로 여겨진다. 하지만 이름을 『한서(閒書)』라고 한 건, 현실 생활에서 발생한 일은 항상 예측하지 못하게 한적하게 발생하고, 사람들은 대비하지 못한다. 소설은 인생을 모방하기 때문에 나도 한적하게 되기를 희망했다. 비록 발생한 일이 큰 일이 아닐지라도 마음속에선 아주 큰 파도를 일으킨다.

자서에서 책의 제목을 해설했고 이제 막 분명해졌다. 그런데 바로 그 날 받은 항공판 『연합보(聯合報)』에서 욱달부(郁達夫)[1]에게 『한서(閒

書)』라는 제목의 작품이 있다는 것을 발견했다. 이렇게 공교로운 일이 다 있다니. 그래도 이렇게 운이 좋았던 것은 두 번 모두 미리 보았다는 점이다. 하지만 연거푸 두 번이나 다시 쓰다 보니 짧은 한편의 머리말 조차도 골치 아픈 일이라 느껴졌다. 판단력에 영향이 왔다. 마지막으로 『난세기(亂世紀)』라고 이름을 정했다. 사실 아직도 어울리진 않았지만 말이다. 비록 책의 배경이 삼, 사십년 전 혼란스러운 시절이었지만, 결코 난세에 대해 쓰진 않았다.

『난세기이삼사(亂世紀二三事)』를 우편으로 보내고 난 후, 바로 또 이름을 바꾸고 서문 역시 고쳐야겠다는 내용의 편지를 붙이러 갔다. 하지만 책 속의 몇 부분의 내용이 이미 해적판으로 인쇄되었기 때문에 빨리 출판을 해야 했다. 다만 이름이 빠지게 되었다. 결과적으로 송기(宋淇) 씨에게 원명 『망연기(惘然記)』를 『반생연(半生緣)』로 이름 붙이자는 편지를 받았다. 비록 여기에 있는 것은 모두 여러 해 동안 고쳐 쓴 오래된 작품이지만, 멍하니 음미할 맛이 있었다. 그 장편소설의 이름,『반생연(半生緣)』이라는 이름은 비교적 잘 어울렸다.

그래서 또 自序를 고친 후 다시 보냈다. 하지만 출판날짜를 맞추기

●●●
1   중국 현대 작가. 대표작으로 「沈淪」이 있음.

위해 「난세기이삼사(亂世紀二三事)」를 『황관(皇冠)』 4월호에 이름만 바꿔서 빨리 등재했다. 연합부는 이 단편이 단행본에 실리기 전에 잡지에 등재 될 만한 가치가 있다고 생각했다. 나는 정말 부끄러웠다. 부탁에 따라 이 상황에 대한 유래와 그 과정을 설명하고자 한다.

북송 시절, 교서도(校書圖)라는 그림이 하나 있었다. 그 그림엔 학자한 명이 한 손에는 두루마리 종이를 들고 있었고, 다른 한 손에는 작은물건을 들고 있었다. 그게 비녀인지 문구인지는 정확히 보이지 않았다. 그리고는 마치 망설이며 결정을 못하는 것 처럼 머리를 긁고 있다. 다음 폭에는 한 아이가 차를 받쳐 들고 온다. 배경은 포청천이 재판사건을 실행하는 삽화가 있고, 법정에 앉아있는 관원의 뒷 배경에는 두 폭의큰 병풍이 있었다. 위에는 조례복이, 아래는 바닷 물결이 연결된 그림이었다. 보아하니 그의 환경은 넉넉했다. 그가 고친 책은 우리에겐 아마도별로 보고 싶은 게 아닐 것이다. 하지만 약간의 의중을 표현했다. 그의붉은 발, 땅 밑에 있는 두 켤레의 신발은 한 짝은 똑바로 있고 한쪽은뒤집어 있었다. 분명히 두 짝을 서로 베끼면서 발을 뺐을 것이다. 그것은 나로 하여금 남(南)대만에서 본 두 노인이 신발을 벗고 작은 돌 위에 앉아 미소를 계속 지으면서 거문고를 연주하던 사진을 떠오르게 했다. 나도 모르게 미소가 떠올랐다. 그림으로서 이 그림은 어떠한 특색도없었다. 하지만 신발을 벗는 이 작은 동작의 의미는 문예(文藝性)적이었는데, 아주 간단하게 문예의 기능 중 하나를 보여주고 있다.. 그것은 우리를 가깝게 접근시켜 주거나 혹은 아예 가까워지지 못하게 한다.

문자의 소통에서 소설은 두 점 사이의 가장 짧은 거리이다. 즉, 가장 친밀한 신변 산문일지라도 친한 친구를 대하는 태도에는 항상 일정한 거리를 유지한다. 오직 소설만이 프라이버시를 존중하지 않아도 된다. 하지만 그것은 결코 다른 사람을 엿보는 것이 아니라, 잠시 동안의, 혹은 많거나 적은 친밀감이다. 마치 연기자가 각색 안에 녹아 들어가 자신의 하나의 경험을 만드는 것과 같은 것이다.

악역 인물을 쓸 때 내면 속으로 들어가지 말아야 하는가, 오직 바깥에 서서 욕을 하거나 희화화해 묘사해야 하는 것인가. 오늘날 까지 현대 세계명작은 많은 사람들에게 상당히 익숙할 것이다. 우리의 전통 소설의 깊이도 새롭게 인식되고 있고, 현재 성숙한 작품을 요구하고 있다. 심도를 요구할 때 이런 문제를 제기하는 것은 불필요 한 것이다. 하지만 여기서 한번쯤 다시 제기할 필요가 있어 보인다.

적에 대해서도 나를 알고 상대를 알아야 한다. 하지만 상대를 안다고 할 때 너무 많은 걸 알 수는 없지 않은가. 왜냐하면 이해한다는 건 용서의 첫걸음이니까. 만약 이해가 용서로 흐른다면, 이런 종류의 사람을 이해하는 것은 더욱 우습게 될 것이다. 이해가 부족하면 죄악을 미화하여, 하나님에게 반항하는 마귀가 되고, 신비하고 위대한 '암흑세계의 왕자'의 될 것이다. 지금까지 서양에 있는 사단교파, 흑미파도 그들의 매력이 있다.

이 소설집 안에 있는 세편의 근작은 모두 1950년 쯤에 쓰여진 것이다. 하지만 그 후에 철저히 고쳐 쓴 것이다. 『상견관(相見觀)』과 『색, 계(色, 戒)』는 발표 후 많은 것을 고치고 더했다. 『부화랑예(浮花浪蘂)』는 마지막에 크게 한번 고쳤다. 그나마 사회의 소설 작법을 참고하였다. 제제(提題)가 근대 단편소설에 비하면 산만한데, 하나의 실험이었다.

이 세 가지 이야기는 모두 나에게 충격을 주었다. 그래서 이렇게 여러 해 동안 걱정하며 한편 한편 고쳐 썼다. 생각해보면 처음 작품의 소재를 얻었을 때의 기쁨과 고쳐 쓰는 과정이 떠오른다. 30년이라는 시간이 지나갔다고는 조금도 느껴지지 않는다. 사랑이 가치가 있는지 없는지에 대해서는 묻지 않는다. 이는 바로 「이 정이 추억되기만을 기다릴까, 당시에도 이미 제 정신 아니었거늘 (此情可待成追憶, 只是當時已惘然)」과 같은 것이다. 이러므로 글들을 모아 이름을 『망연기(惘然記)』라 하였다.

이 밖에도 1940년쯤에 쓴 오래 된 작품 두 편이 있다. 『연합보(聯合報)』의 부간 편집장 유현선생의 친구가 홍콩의 도서관에서 오래된 잡지에서 보고 두 편을 영인했고, 출판물에 실을 수 있냐고 나에게 편지로 물어왔다. 한 편의 산문 「화려연(華麗緣)」은 계속 원고로 가지고 있었다. 『앙가(秧歌)』에 부분적으로 실려있었기 때문에 여태껏 발표하지 않았다. 또 다른 소설 『다소한(多少恨)』은 예전에 대륙에서 나올 때 원고를 휴대하기 불편해 몇 개는 안 가져 왔다. 하지만 요 몇 년 동안 이 몇 편의 작품의 존재를 아는 사람이 아주 없지는 않다. 예를 들자면 미국 학자 에드워드(Edward gunn)는 일찌감치 도서관에서 보고 영인한 후 취향이 독특한 사람에게 주었다. 최근의 어떤 사람도 똑같이 도서관에 있는 구 간행물을 영인해와서 마음대로 책을 내 '고물출토'(古物出土)라 이름 붙여 그의 작품인 것 처럼 했다. 마치 나를 북송시대 사람으로 취급하여 저작권을 자기 맘대로 자기 것으로 삼았다. 게다가 나의 몇몇 옛 작품에 대해 불만을 표시하기도 했다. 마치 내가 자기의 권리를 빼앗은 것처럼, 작품의 주인인 내가 반대로 도둑질을 한 것처럼, 그게 나의 죄인 듯 덮어 씌웠다.

『다소한(多少恨)』의 전신은 나의 영화 각본『불료정(不了情)』이다. 원본은 없어졌고 부록으로 실린 다른 각본인『정장여전장(情場如戰場)』은 미국의 맥스슐만의 무대극 'The Tender Trap'에 의거해 개편해서 쓴 것이다. 영화는 1956년에 제작했다. 임대(林黛), 진후(陳厚), 장양(張揚)이 주연을 했다.

『다소한(多少恨)』은 몇몇의 대사는 너무 약하다. 내가 두 단락을 고쳐 썼다. 또 다른 한 편의 구작(舊作)『단보염송화루회(段寶鹽送花樓會)』는 사실상 너무 형편없었다. 고쳐도 고쳐지질 않았다. 소설집에 수록하지 않으려 했지만 이 단편도 해적판이 있기 때문에 수록하지 않는다 해도 그것을 막을 수가 없다. 어쩔 수 없이 수록하는 수 밖에 없었다. 부득이 이렇게 궁시렁 거리면서 그 연유을 밝힌다. 그렇지 아니면 독자들이 똑같은 작품을 보게 되어 이게 어찌된 일인지 어리둥절해 할 것이다. 나의 작품이 도둑 맞았다고 생각해 주길 바란다.

번역 송봉은

초노병후기 炒爐餅後記

졸저 「구운 빵(炒爐餅)」이 『런부』에 실린 뒤, 나는 삽화에 그려진 초노병 행상의 두 어깨에 큰 바구니가 매어있는 것을 보았다. 그 그림을 보니 작품에 한 문장을 빠뜨렸다는 생각이 들었다.

"초노병 행상의 어깨에는 바구니가 걸려있었는데, 주부들이 거리에서 야채를 사서 담는 바구니였다." 뒷 문장이 새로 첨가한 것이다.

어깨에 거는 잡화상자는 아마 서방에서 들여온 것일 것이다. 1940년대 초입에 상해 거리에 있었는지 없었는지 모르겠지만, 그것은 얼마간 돈을 들여야 갖출 수 있었을 것이다. 그 초노병을 팔던 사람은 모든 것이 변변찮고 가난해서 절대 사지 못했을 것이다.

하는 김에 잘못된 부분을 좀 더 고쳐야 겠다. "칭푸와 황푸는 마주보고 있었고, 틀림없이 모두 황푸강변이었다" 이 글의 아래 문장은 마땅히 "하지만 틀림없이 모두 황푸강변이었다"로 고쳐야 할 것 같다. 그렇게 짧은 글인데도 꼼꼼하지 못하게 잘못된 부분이 나왔으니, 편집자와 독자들께 사과드린다.

번역 이종철

57

현대 중국어에 대한 작은 의견

對現代中文的一點小意見

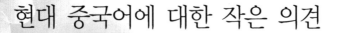

사람들이 이 제목을 보면 깜짝 놀라, 서둘러 해명을 해야 한다. '작은 의견'이란 결코 지위가 낮아서 자신을 낮춘 것이 아니고, 정말 아주 작아서 말할 것이 못되는 것으로, 나 역시도 괜히 사소한 것으로 떠들썩하게 구는 건 아닌가 생각해, 그래서 지금까지 쓰려고 하다가도 쓰지 않았다. 그러나 다 사소하고 보잘것없는 것만은 아니다. 오히려 닭 뼈와 같은 자질구레한 것들과 작은 생선 가시가 목구멍에 가장 쉽게 걸리는 법이고, 심지어 그것으로 죽음에 이를 수도 있으니까 말이다.

어떤 새로운 속자, 예를 들어, 「噘着嘴」(입을 삐죽 내밀다)라고 말할 때, 「噘」자를 보자. 원래 「撅[1]」자는 지금은 오직 「撅着屁股」(엉덩이를

1　撅 : =噘

치켜들다)라는 표현에만 쓴다. 그렇지 않으면 「一撅屎」(똥이 삐죽 나오다)와 같이 「一段」(뭉텅)보다 비교적 짧은 「一撅」(삐죽)이라는 명사로쓴다. 별로 보기에 좋지 않은 이 두 가지 예를 제외하고, 동사로 쓰일때, 「撅断了」(분지르다)의 의미로 사용한다. 이 밖에 생각지 못한 「撅」자의 용도는 더 있지만, 그래도 여전히 「嘬着嘴」(입을 삐죽 내밀다)라는 표현으로 가장 많이 쓰인다.

이와 마찬가지로 「钉眼看」(시선을 고정하다)라고 할 때 「钉」자가 「盯」자로 변하고, 「麽」자는 현재 대부분 「么」로 쓰며, 어조사이기 때문에 「把」, 「呢」, 「吗」, 「嘛」와 같이 분류된다. 원래 「麽」자는 「什么」(무엇), 「这么」(이렇게), 「那么」(저렇게)라는 표현에 한정적으로 쓰인다.

이 작업은 나눌수록 세세해지는데, 또 여기에 「煖²」자를 보태면, 햇빛의 따뜻함을 나타내는 「暖」자와는 다르게, 오로지 '화로', '온돌'이란표현에만 쓰인다. 「暖气开放」(스팀을 방출하다)할 때 뜨거운 스팀은, 대체로 「煖气」(흐르는 기체)로는 쓰지 않는 편이다. 앞으로 지열을 이용해 온기를 받는 것에는, 「取煖」을 써야한다고 생각한다. ─(지열과 화산은 근원이 같다.) 그렇게 유추하건대, 「人情的温暖」(인정의 따뜻함)

●●●●

2   煖 : =暖

은 조만간 「人情的溫優」로 변할 수 있다.

「決不答应」(절대 동의하지 않다), 「決不屈服」(절대 굴복하지 않다)라는 표현은 현재 「決」자가 「绝」자로 바뀌어 쓰이고 있다. 이걸 매번 영어로 「绝对」(절대)라고 번역해서 헷갈리게 하는데, 「绝对」를 「绝」로 줄이는 것은 잘못된 것이다. 「決不」는 「決计不」(기필코 하지 않는다)라는 뜻이고, 「绝对不」(절대로)와는 의미가 다르다.

「绝妙」(절묘하다), 「绝色」(절세미인)의 「绝」자는 「绝子绝孙」(대가 끊기다)할 때 「绝」자와 같고, 이는 모든 손가락이 끊어지는 것을 말한다. ─(후계자가 없거나, 누구도 따라갈 수 없을 때) 「绝无仅有」(거의 없다)의 「绝」자 역시 끊겨서 없어질 때 쓰인다. 「绝无」(절대로 없다)는 그 밑으로든 또 그 밖으로든 더 이상 없다는 뜻이다. ─('거의 없다'라고 할 때 「仅有」는 제외)

옛날 소설에 나오는 백화를 보면, 「断不肯」(절대로 ~하려 하지 않다), 「断不会」(절대로 ~일리 없다)는 나오는 데, 「绝不肯」, 「绝不会」은 결코 찾아볼 수가 없다. 「断不」(절대로 ~아니다) 역시 「断然不」와 같고, 「決不」(절대로 ~아니다)와 「決计不」도 같지만, 「绝不」와는 상관이 없다. 「绝不」는 새로운 명사 「绝对不」가 「決不」로 치환된 것으로, 「绝」자가 「決」자의 다른 글자가 되었다. ─(나 역시도 틀린 글자를 쓰면서 남들을 나무라고 있다.)

『장간』의 맨 뒤 편의 마지막 문장에 '이'를 '벼룩'으로 잘못 썼다. 수정 선생이 보내온 편지에 지적을 받았고, 정말 감사했다. 그리고 이 책 이후의 재개정판을 기다려주셨다. 이것은 몇 년 된 초고로, 문집을 받았을 때 이 편을 다시 봤다. 여기서는 조금 의심스럽게 여기고, 마음속으로는 북 위에 벼룩이 이사 간 게 아닐까 생각했다.

현재 '이마'는 일반적으로 「前额」(앞 이마)라고 불리고, 비슷한 것으로 「后额」(뒷 이마)가 있는데, 어디서부터 생겨났는지 알 수가 없다. 영어의 이마 'forehead'를 fore-head로 나눠서 (앞-머리, 곧 머리의 앞부분), 틀림없이 누군가가 「前额」로 오역했을 것이다. 그렇게 계속 사용되다보니, 심지어는 '가슴'을 「前胸」(앞 가슴)이라 쓰는 작가들도 있다.

「自从」(~부터)를 「打从」이라 부르는 것 역시 뒤섞인 것이지만, 이는 외래명사와는 상관없이, 국어가 처음 보급될 때 잘못된 것이다. 북방화에서는 「从」자를 「打」로 쓰는데, 「从打」는 마치 틀린 것 같지만, 말투가 변한 것뿐이고, 언제부터인지는 알 수 없다. 대개 20년대 상해(上海)에는 원호파(鸳蝴派) 작가 주수견(周瘦鹃) 등 이러한 '오방언 지역의 문인'과 '강소지역의 李涵秋'들이 백화를 사용해 글을 쓰면서, 「从打」을 「打从」으로 잘못 썼다. 지금까지도 그렇게 써지고 있으며, 근대 백화 중 한 가지 독특한 예라고 할 수 있다. 이는 새로운 명사 혹은 문어도 아닐뿐더러, 어떠한 방언도 아니며, 어문상의 근거도 전혀 없다.

백화를 처음 사용하던 때, 제3자를 오직 「他」(그)자로만 썼다. 「她」(그녀)자는 아마 번역할 때 필요해서 만들었을 것이다. 그렇지 않으면 어떨 땐 번역할 방법이 없기 때문이다. 서양에서는 '그'와 '그녀'가 발음이 다르고, 대화나 서술에 관계없이, 한번 듣고, 한번 보면 누구인지 알 수 있다. 그런데 그것을 다 「他」자로 번역하면, 사람들을 헷갈리게 만들 수 있다. 나중에는 「妳」(너)자도 만드는데, 소수만 사용하다 20년대 들어서 비로소 유행이 되었다. 짝을 이룬 남녀의 대화에서는, 누가 뭘 말하는지 설명하지 않아도 된다. 남자의 말 중에 '너'는, 말을 시작하는 사람이 누구인지 분간할 수 있고, 이어서 몇 번 오르내리는 사람 모두 분명히 밝혀지기 때문이다. 그러나 이러한 경우는 드물고, 또 「你」(너)자가 「妳」자로 잘못 인쇄될 때가 많아, 사람들을 더욱 혼란스럽게 했다. ─「妳」자는 오히려 지금껏 「你」자로 잘못 쓴 적이 없다. 식자공이란 직업은 거의 남성이 독점하고 있기 때문에, 당연히 이성에게 끌려 「妳」자를 편애하는 건 확실하다. 그런데 여자들도 「妳」자를 좋아하는 것 같다. 「她」자를 「你」라고 쓰면 대부분 모욕감을 느끼고, 여성화하는데 부족하다고 느끼는 듯하다. 한편 「妳」자를 「您」자로는 많이 쓰지 않는다.

미국의 신여성운동의 한 가지 우스운 일화는, '체어맨(Chairman)'을 '체어퍼슨(Chairperson)'으로 바꾸고, '세일즈맨(Salesman)'은 '세일즈퍼슨(Salesperson)'으로 바꾼다는 것이다. '맨(Man)'의 의미는 남자이기 때문에, 설마 여성은 포함하지 않는다고 생각해서였을까? '퍼슨(Person)'은 성별 구분 없이 '사람'을 뜻한다. 실은 '맨(Man)'도 '사람'을 뜻하고, 양성 모두 포함하고 있다. ―(「你」의 경우와 공교롭게도 반대이다. 하나는 여성을 포함해야 한다는 것과, 또 하나는 여자를 가리키는 것에서 시작되어 남녀를 구별하게 되었다.) 중국의 여성운동가 역시 대단한 활약을 해서, 「妳」자를 반대하는 이들이 없었다.

최근 미국 텔레비전 뉴스에 나온 어떤 여성은, 성이 '-맨(-man)'이었는데 분명하게 듣지 못했다. ―(성이 '-맨'인 것은 지극히 평범한 것이다.) 서양 중세 시대 이래로 대부분 직업을 성으로 삼았다. 예를 들면 '카터(Carter)'대통령의 '카터'는 수레꾼을 뜻하고, 전 국무장관 '러스크(Rusk)'의 조상은 틀림없이 일종의 과자를 만드는 요리사였을 것이다. ―('러스크'는 얇게 조각낸 토스트 과자로, 내가 어렸을 적 아플 때면 그걸 먹었는데, 삼키기가 정말 어려웠다.) '-맨(-man)'은 곧 '-퍼슨(-person)'이며, 모든 사람과 같다. 또 비슷한 것으로는 어떤 일화로 유명해진 '트루먼(Truman)'이 있는데 이는 충성스런 사람을 뜻한다. 만약 그녀의 성이 '트루먼'이었다면, 그녀는 '트루퍼슨(Truperson)'으로 성을 바꾸어 등록하길 원했을 것이다. 법관이 이유가 타당하지 않다고 여기더라도, 법률상 어떠한 사람이라도 모두 이름과 성을 바꿀 권리가 있기에 허가되는 것이다.

신여성운동에서는 술집 종업원, 목사, 신부, 경찰 등 모든 직업의 개방을 요구했다. 중서부의 어떤 작은 도시에선 이에 호응이라도 하듯, 어떤 젊은 여성이 경찰서장에 출마해 당선되었다. 그리고 쟈니 카슨의 TV 토크쇼에 제복 치마를 입고, 씩씩하고 당당한 모습으로 출연했는데, 그녀는 키 180cm이상에, 체중은 거의 136kg으로, 도저히 24살로 보이지 않았고, 3살짜리 아들이 하나 있었다. 그녀의 말에 따르면 한번은 술집에서 패싸움이 났는데, 현장에 도착하니, 모두 그녀를 보고 비웃었다는 것이다. 또 어떤 사람은 '경찰서장'을 존경한다는 듯, 그녀에게 빈말만 해댔다고 했다. 그러나 결국 그들은 이 부인에게 모두 제압되었고, 하마터면 모두 죽을 뻔했다. 그런데 동등한 체격에 흉악하게 생긴 남자로 교체되자, 상대방이 무서워할 때까지 기다릴 필요도 없게 되었다. 그래서 경찰은 신장에 제한을 두었고, 사람들은 이에 항의했다. 경찰측에서는 될 수 있는 한 무력을 행사하지 않고 겁을 주어 굴복시키기 위함이라고 변명했다. 그렇지 않으면 키가 작은 경찰이라도 그 수가 되도록 많다면 장신이 유명무실해질지 모른다. 그리고 비교적 키가 작은 사람도 결코 가볍게 보지 않을 것이다. 마찬가지로, 여경의 수가 극히 적어도 여성을 경시하지 않을 것이다. 그러나 젊고 예쁜 여경이 나쁜 구역을 순찰하게 되면, 무예가 뛰어나도 사고가 나는 것을 피할 수 없다. 여성운동의 압력으로 많은 여경을 고용하는 것은, 실은 민중의 피 같은 돈을 낭비하는 것이다.

　신여성운동은 「同一職位, 同等薪水」(동일한 직위, 동등한 급여)라는 슬로건에 가장 적합하다. 최근 남성의 봉급이 비교적 높은 이유가, 부녀자들은 대부분 책임질 가정이 없지만, 남자는 가족을 부양해야 하기 때문이라고 말하고 있다.

권리의무는 당연히 균등해야 한다. 생계를 도모할 능력이 있는 여성도 있고, 이혼으로 점점 부양비가 부족한 추세이기 때문이다. 남성은 가족을 부양하는 것 외에, 또 국가를 방위하는 병역에 복무해야한다. 그래서 이것이 도리어 문제가 되지 않는다. 여성들은 현재 입대를 쟁취하려고 하고 있다.

미국은 새로 모집하는 여군이 비록 남자와 같이 훈련받아도, 출전해싸울 수 있는지 없는지, 최근 『미국뉴스와 세계보도(美国新闻与世界报导)』라는 잡지에서 여성장교 두 분을 초청해 토론했는데, 육군과 공군에 부속한 여군부대의 중장과 소장으로, 둘 다 이미 퇴직했으며, 각각 찬성과 반대의 입장을 보였다. 찬성하는 쪽의 이유는 현 군대의 시스템이 체력에만 의지하는 것이 아니기 때문이라고 했다. 보병을 제외하고는, 각 병과에 여군을 활용해 싸울 수 있다. 제2차 세계대전에서 소련은, 일찍이 많은 여군을 활용해 싸웠고, 공중전에서도 여비행원이 있었다. 반면 미국은 징병제를 폐지한 후, 절실하게 병사의 공급원을 늘리는 것이 필요했고, 그렇지 않으면 전체 지원군의 목표에 도달할 수 없었다.

반대하는 쪽에서는 여전히 여성의 가장 큰 임무는 엄마 역할이라고 여기고, 일반적으로도 잔혹한 전쟁을 치르는 것을 상상조차 할 수 없다

현대 중국어에 대한 작은 의견 對現代中文的一點小意見

고 했다. 사실 여성은 참고 이겨내는데 있어 반드시 남성에게 지는 것은 아니다. 왜냐하면 전쟁의 잔혹한 공포는 보통사람의 상상을 뛰어넘기 때문에, 공평한지 아닌지를 구분하지 않는다. 만일 타방면에서 평등하다면 말이다. 이 밖에 이유를 더 대자면, 최전방의 높은 압력 때문에, 잠시 정신에 이상이 생긴 병사가 함께 싸우는 여병을 강간할 수 있다. 현재 미국은 '정신병자'의 나라다. 의외로 정신병자가 많은데도 이것은 도리어 지나치게 걱정하지 않고 있다. 최소한 여병은 전쟁포로가 되어서도 성폭행 당할 수 있어, 더는 말할 필요가 없다.

저명한 칼럼니스트였던 고(故) '앨솝(Alsop)'은 현재 미군의 공문서는 너무 많고, 전투사병은 너무 적다며 자주 걱정했다. 정말로 싸움이 일어나면, 문서는 조금도 쓸모가 없는 것이 군대의 '취약점(soft underbelly)'이다. ―(직역하면 '연한 아랫배'이며, 네 발 달린 짐승의 아랫배를 가리킨다.) 왜냐하면 가려졌기 때문에, 단단한 머리와 등처럼 공격에 견뎌낼 필요가 없다. 이후 만약 수많은 여군을 모집한다면, 다 싸우는 것이 아니라, 반드시 문서업무를 더 증설해 여군에 배정해야 한다. 그렇게 '연한 아랫배'는 더욱더 팽창해, 자유세계의 한 가지 폐해가 된다.

이것은 결코 신여성운동을 부정하는 것이 아니다. 과거의 부녀운동이 아직도 중국에서 비교적 깊게 뿌리를 내리고 있는 것 같다. 50년간 많은 미국 소녀들의 이상은 일찍 결혼해 아이를 많이 낳는 것이었다. 부녀들은 독립적인 인격이 없어, 외상으로 진찰 받고는, 계산서는 모두 그녀들의 남편에게 부쳐준다. 고급 의류회사 일수록 인기 있는 의사를 찾는데 갈수록 더 그런 경향이 있다. 그 아래 단계는 대강 계산서만 받으면 된다는 식으로 크게 상관하지 않는다. 60년간 여자대학의 직원들은 여성운동을 시작했지만, 학교당국도 여전히 극도의 신현모양처주의를 고수한다. 이것은 당시의 풍조였고, 현재의 여성운동 또한 한 시기의 유행인 것과 꼭 같다. 그리고 유행하는 패션은 반드시 극단으로 치달아 결국 황당하고 웃긴 상황을 면키 어렵게 되고 여성운동의 핵심에 결코 영향을 주지 못한다.

남녀는 생리적 · 심리적으로 명백하게 다른데, 그것은 프랑스인의 명언 중 한 구절인 「유별만세!(Vice le différence!)」의 내용과 꼭 같다. 하지만 개인이 가진 자산, 성격, 성향은 다르며, 차이도 크다.

「열 걸음 이내, 반드시 미인이 있다. (十步之內, 必有芳草)라는 말로 사회에 공헌을 할 수 있는 많은 여인들이 매몰되었다. 성별을 강조할수록 공동의 인간성을 더 감소시킨다. 현재의 성별에 대한 구별은 충분히 많아 형식상으로 구별을 해볼 필요가 없는데, 우리나라 문자의 특유한 「你(너)」라는 글자가 바로 그렇다.

내가 전집을 냈을 때, 나는 두 권의 책만을 한차례 교정했다. 그 때 「你(너)」라는 글자가 「妳(너)」로 대신 수정 된 것을 발견했는데, 하나하나 모두 복원했고, 또 나머지 몇 가지 글자들 모두 수정되어야 함을 청하여 요구하였다. 출판 후에도 본적이 없다. 하지청(夏志淸)[3] 선생이 편

현대 중국어에 대한 작은 의견 對現代中文的一點小意見

지에 "아직도 「妳」라고 되어있다고 알려주었다. 나는 자탄했다. 「아직도 옛 모습 그대로인 너(依然故妳)」라는 것을.

당초 번역의 필요 때문에, 중성의 「它(그것[사람 이외의 것을 가리킴])」라는 글자를 만들었고, 또 어떤 사람은 아예 단독의 「牠(그것[사람 이외의 것을 가리킴])」자를 만들었다. 그 결과는 여전히 동물과 무기체, 추상적인 사물은 「它」자로 통칭한다. 그러나 최근에 「牠」는 다시 부활했고, 또 다시 「牠」자가 더해졌다. 영어에서는 하느님을 「他」로 칭하여 삼을 때, 대문자를 사용한다. 가끔씩 어떤 사람들은 일부의 명사는 모두 대문자여야한다고 말하는데 그것은 일종의 정중함을 암시하며 마치 불변의 진리(天經地義)같은 어조를 띤다. 대문자 「他」는 반드시 분명히 중요하고도 완만하며, 침착한 것이 목사의 어조가 있다. 중국어에는 대문자가 없는데, 오히려 기독교에서는 「祂」자를 사용한다. 중국의 신비롭고 기이한 도리(神道)에 대해서는 적용하지 않는데, 그 이유는 한결같은 전통이 없으며, 그러한 어조가 아니기 때문이다. 관영감(關老爺)은 「어르신(他老人家)」일 수는 있지만, 「祂」일수는 없다. 「祂」자의 용도는 매우 편협하지만, 참으로 많이 남아있다.

●●●

3   夏志淸 (1921.2.18. −2013.12.29.) 중국문학평론가/교수로 대표작으로는 《中国现代小说史(중국현대소설사)》가 있다.

68

중국어에는 인명과 지명의 대문자가 없어서, 처음 신식 구두점을 채용했을 때 인명과 지명의 좌측에 「———」를 더했다. 그러나 그것은 전혀 보급되지 않고 바로 폐지되었다. 그래서 아마도 장국화(張國華)[4], 이수정(李秀貞), 소주(蘇州), 항주(杭州)와 같은 것들에 선을 더하는 것은 불필요할 뿐 아니라, 조금 어리석어 보인다(傻頭傻腦). 그러나 세계가 날로 축소되는 현대에 표지도 없고 위아래가 함께 연결된 생소한 외국인 지명을 만나면 순간적으로 모호해진다. 元史의 어려움은 아마도 이것이 주원인이 아니지만, 최소한의 원인중 하나이다. 긴 문장에 적힌 이상한 인명들, 보고 있으면 머리가 어지럽고 눈이 침침하다.

신문지상에서 흔히 보는 나이로비(內羅畢), 네바다(內華達)[5]는 이미 매우 기교적으로 번역되어 있는데, 「內」자는 마치 내몽고(內蒙古), 내호(內湖)와 같이 한번 보면 바로 이해할 수 있는 지명이다. 그러나 또한 外羅畢, 外華達도 있는지 의심을 떨칠 수 없다.

만약 어떤 사람이 지명부호를 쓸 때, 「內」자에 의지하지 않고 지명을 만든다면 그것은 耐羅畢(나이로비, 음은 같지만 한자가 다름) 涅華還

- - -

4   张国华 (1914.10—1972.2.21), 중국인민해방군 고급장교
5   네바다 (미국 주) [Nevada] 미국의 주. 서부 산악지대 중 건조한 그레이트베이슨 지역에 있다.

69
현대 중국어에 대한 작은 의견 對現代中文的一點小意見

(네바다, 음은 같지만 한자가 다름)로 번역할 수 있고, 「안(內)」자가 의역인지 음역인지 헷갈리게 하지 않을 것이다. 번역이란 어휘가 적절해야하는데, 중국어 같은 경우는 사람들이 자세히 들여다 봐야 하기에 이미 충분히 어렵다. 게다가 거기에 설상가상식으로 어려움을 더하는 식이다—이 장애물을 제거하는 것은 또한 의외로 이렇게 간단하다.

일부 통속적인 출판물은 통속을 추구하기 위하여 린메리(Lin Mary-林曼麗)·Cursue(柯休)와 같이 인명의 번역을 모두 일률적으로 중국어화한다. 이것은 물론 방법이 될 수 없지만, 만약 사실에 맞게 마릴린 린데시(Marilyn Lin Dessy-曼麗琳林德西)、휴코필드(休柯菲爾德) —일반적으로 이름의 성씨 사이의 「·」는 모두 연결되어있지 않다—를 번역한다면, 가끔씩 린데시아가씨(Lin Dessy-林德西小姐)、코필드선생(柯菲爾德先生)라고 불러야 하는데, 이것은 단지 독자들로 하여금 머리가 멍해지게 만든다.

지명과 선박의 이름은 아예 원문에 사용하며, 나는 결국 일종의 실패의 감정을 맛보았다. 그러나 영어의 알파벳을 한자의 중간에 끼워 넣으니, 매우 주의를 끌었으며, 외국어를 알지 못하는 독자들이 매우 환영해주었다. 음역의 명칭을 바꾸고, 밑도 끝도 없이 위 아래 문장에 끼워 넣었는데 어쨌든 기억은 안난다. 높은 격조의 출판물이 이런 잘못을 범할 리가 없겠지만, 어떤 부분은 분명하지 않았다. 번역은 세계의 창이며, 우리는 그 유리창을 더럽혔다.

70

때로는 선박의 이름 또는 비교적 생소한 기관과 기구의 명칭을 번역할 때, 인용어를 사용했다. 예컨대 「어느 아동보건센터(某某兒童保健中心) 같은 것인데 대부분 채택되지 못했다. 왜냐하면 그러한 인용어는 여기서 「소위」를 대표하는 것이 되고, 결과적으로 적수기관이 되어버린다. 그러나 인명, 지명이 없는 부호인 「　」는 어떠한 문제든지 해결할 수 있는 좋은 방법이 되었으며, 적어도 이 명칭은 분리되며, 요점이 매우 분명해 진다.

처음 구두점을 표시했을 때 책의 이름 왼편에 「~~~~」를 더했지만 그것은 널리 퍼지지 않아서 서방과 같은 인용부호 「　」를 사용했다. 이것은 원래 합리적이서, 새롭고 기발한 글자를 내놓을 필요가 없었다. 그러나 최근 몇 년간 갑자기 「구두점 열풍(標點熱)」이 일어났고, 또한 「、」가 더해졌다. 고문에는 원래 「、」가 있었는데, 모든 문장의 오른편에 찍혀진 「、」는 빽빽한 문장과는 상반되게 일련의 폄하하는 의미가 있지만, 동시에 작가의 강조점으로도 쓰인다. 현재는 한 가지 쉼표로 바꾸어 쓰인다. 각종 사항이나 숫자를 열거할 때 쉼표 대신 「、」을 사용하고, 연월일을 쓸 때에도 「、」를 더한다. 사실 모년모월모일(某年某月某日)에는 전혀 쉼표가 필요하지 않다.

「천애(天涯)・명월(明月)・도(刀)」라는 제목의 무협영화가 있다. 이름과 성을 음역하여 나눌 때 「・」을 사용했는데, 「、」의 오류로 생각된다. 영화는 흥행에 성공하여 「천도(千刀)・만리(萬里)・추(追)」등의 영

현대 중국어에 대한 작은 의견 對現代中文的一點小意見

화가 또 나와서 맹추격했다. 세 이름으로 나눠진 영화제목의(三截片名) 기세는 막강했다. 나는 언제든지 사람들이 「枯藤(고등)·老樹(노수)·昏鴉(혼아)·小橋(소교)·流水(유수)·人家(인가)·, 古道(고도)·西風(서풍)·瘦馬(수마)」라는 이름을 보게 될까봐 염려되었다.

「、」는 최소한 그것의 기능이 있다. 비교적 전문적인 논문에서 매우 긴 숫자나 사항을 열거할 때 「、」를 사용하여 훨씬 요점을 분명하게 할 수 있다. 나는 『色,戒』의 제목을 쓸 때 한참을 망설였다… 「色(색)」과 「戒(계)」는 두 가지 일에 불과했고, 명세서를 작성할 때의 모습과 다르게 「、」는 여기 쓸 데가 없었다. 그러나 『紅樓夢魘(홍루몽염)』에서는 「、」를 채용했다. 여기에 다시 「 , 」를 사용하여 오해를 야기할까 걱정했는데, 원래 있는 쉼표가 마치 협의화(狹義化) 된 것 같았기 때문이다. 결과적으로 어쩔 수 없이 『色、戒』라고 썼고, 또 『色·戒』로 잘못 썼으며, 지금 쉼표를 쓰는 혼란이 생겼다.

「구두점 열풍(標點熱)」 때문에, 「서너 개(三四個)」 「일고여덟 개(七八個)」를 모두 「셋、네 개(三、四個)」 「일곱、여덟 개(七、八個)」라고 썼다. 문맥을 나누는 구두점은 잠시 쉬는 것을 상징한다. 우리는 「서너 개(三四個)」를 말할 때, 「三」「四」의 사이를 결코 잠시 쉬지 않는데, 왜 구두점을 더해야 할까?── 근대영어에서는 종종 쉼표를 생략한다. 긴 문장이 만일 생각을 담고 있으면 반드시 숨이 찰 것인데 그것은 읽는 속도가 소리를 내어 읽는 속도와 비교하여 매우 빠르며 머릿속에 있는 어기의 쉼(멈춤)은 구어와 비교하여 적기 때문이다.

그 외에 때로 쉼표를 더하는 이유는 만약 그것을 더하지 않으면 말의 의미가 불분명해지고, 전후 문맥이 오해를 불러일으킬 수 있기 때문이다. 「三、四個」는 구어를 반영하지 않았을 뿐만 아니라, 또렷한 의미를 위한 것이 아니다. 중국인 누구나 「서너 개(三四個)」가 「세 개 혹은 네 개(三個或四個)」를 가리킨다는 것을 안다. 중국어를 배우는 영국인과 미국인은 이것을 모두 알아들으며, 영어로도 「三四個」「七八個」이다.

나는 줄곧 중국어에서 말하는 「禿頭句字(독두구자)」를 가장 좋아한다. —— 문언시와 구어 안에 동일하게 많으며, 시를 번역하는 사람은 반드시 「나(我)」자를 대신하여 더한다. 그 원의(原意)가 제3인칭의 one과 비교적 가깝다. —— 이런 가볍고 날쌔며 품위가 있는 것이 중국어의 특색이다. 그래서 매번 누구든지 쓸데없이 중언부언하는(수다스러운) 「三、四個」「七、八個」를 보며 나는 언제나 바늘에 찔리는 것 같았지만, 즉시 또 분명하게 「아! 한글자의 원고료를 더 많이 받으니, 또 좋지 않은가?」라고 생각했다… 몇 번을 보든 상관없이 언제나 스위치를 누르는 반응이고, 한번 찌르면 분명히 은밀한 탄식 소리가 이어질 것이다.

「보다(看看)」와 「상의하다(商量商量)」도 「看、看」「商量、商量」이 되었다. 「三四個」가 세 개 혹은 네 개(三或四個)에서 「혹은(或)」자를 생략한 것과 꼭 같다. 「보다(看看)」는 「좀 보다(看一看)」에서 「一」를 생략한 것이고, 또한 「稍微看一看(좀 보다)」과도 같다. 다만 「看」와 비

현대 중국어에 대한 작은 의견 對現代中文的一點小意見

교하여 가볍고 마음대로 한다는 느낌이 더해진다. 「看、看」은 「看」과 비교하여 좀 빡빡한 느낌이고, 중복을 사용하여 어기를 가중시켜, 마치 마땅히 느낌표를 더해야 할 것 같다. 그래서 「看、看」의 구두점은 쓸데 없을 뿐만 아니라 게다가 원의(原意)를 왜곡한다.

이것은 단지 일반적인 추세로, 많은 학자들이 모두 채용하지는 않는 다. 하지만 언어와 문자는 살아있는 것이고 유행이 오래 되면 정확한 것이 된다. 새로운 속자는 끊임없이 나타난다. 「삐죽하다(噘)」는 입을 나 타내고, 눈은 「주시하다(盯)」를 나타내며, 또한 불의 따뜻함인 「따뜻하 다(煖)」와 햇빛의 따사로움은 같지 않다. 「너(你)」는 남녀를 나누고, 동 물과 신 각각은 개별의 제3인칭을 가지고 있다. 새롭게 더해진 두 가지 쉼표를 남용하거나 반대로 사람과 지명의 부호가 부족하다면, 번역에 방해가 된다. 불필요한 구별과 구두점이 점점 늘어나고 정작 필요한 것 이 없다는 것이 오늘날 중국어의 한 단점이다.

번역 방민지, 노소영

사십이불혹 四十而不惑

황관출판사 40주년에 편집장이 축복(祝福)에 관한 짧은 글을 한편 좀 써주었으면 하는 편지를 보내왔다. 여러 가지를 생각해 보아도 마땅한 것이 없었다.

처음에 축복이란 말을 들었을 때 이 일이 떠올랐다. 성경에서 야곱의 형은 반드시 자신이 아버지로부터 축복받으려고 했다. 장자(長子)만이 계승권이 있어 가산의 전부를 얻을 수 있다고 여겼다. 부친은 자녀에게 축복의 권위가 있고 저주 또한 같은 효력이 있다. 중국인이 칭찬이나 축복을 잘한다는 것은 그저 길한 말을 해서 그것이 영험하게 들어맞길 바라는 것 뿐이다. 나는 예전에 노신의 소설 『축복(祝福)』을 읽었는데, 줄곧 그가 왜 '축복'이란 제목을 썼는지 잘 이해가 되지 않았다. 작품 속 과부 상림수(詳林嫂)는 운수 사납다 하여 제사상에 나아가 제사를 도울 수 없었다. 이것은 부정적인 면의 영향에 불과하다. 제사는 조상의 보우(保佑)를 바라고 기리는 것이니, 조용히 도울 수 있을 뿐 사실 축복의 의식이란 없는 것이다.

서양에서는 지금도 그저 농담조로, 혹은 부인네들이 감사를 표할 때 가볍게 말한다. "신의 가호가 있기를", 혹은 "당신에게 신의 가호가"라고. 태연하게 "신이 당신을 보호할 것이다"라고는 말하지 않는다.

중국인들은 반대로 말한다. "마흔은 불혹"이라고. 서양인들도 말한다. "인생은 사십부터다"라고. 늙지 않아도 불혹해야 위험을 감내할 수 있다. 바야흐로 세상의 변화가 다양할 뿐만 아니라 변해가는 모습 또한 갈수록 빠르게 바뀌고 있다. 황관은 오직 갈고 닦아온 안목에 의거하여 이 변화무쌍한 세상에서 자기의 길을 찾을 수 있었다. 앞으로 더욱 넓고 광활한 지평선을 향하여 발전해 나갈 것이다.

번역 *이종철*

「연환투」,「창세기」 머리말

连环套创世纪前言

　　수정(水晶)선생과 그의 벗 당문표(唐文标)교수가 편지에 전했다. 문표 선생이 캘리포니아주(加州)의 한 도서관에서 내가 30년 전 지은 몇 편의 작품을 찾아냈으니 새롭게 발표할 것을 제안하였다.

　　「고모의 어록(姑姑语录)」은 내가 산문집에 넣는다는 것을 잊었고, 소설 「연환투(连环套)」와 「창세기(创世纪)」는 스스로 불만족하여 완성하지 못하였으며, 계속 집필하지 않았다. 「은보염송화루회(殷宝滟送花楼会)」는 훨씬 만족하지 못한 작품이어서 계속 소설집에 수록하지 않았다. 이 점은 설명이 필요한 것 같다.

　　수정 선생과 당문표 선생 두 분의 열정에 대하여 다시 한 번 감사의 뜻을 표하는 바이다.

번역 박혜은

『장간張看』 자서

진주만 사건 2년 전에 나와 염앵은 막 홍콩대학에 입학했다. 하루는 염앵이 아버지의 친한 친구가 그녀에게 영화를 보여준다고 했다면서 나에게 같이 가자고 했다. 처음에 나는 가지 않겠다고 했다. 염앵이 계속하여 말했다. "괜찮아. 그냥 아버지의 친한 친구시고 사업상으로도 왕래를 하는 분이야. 전화에 얘기하시길 모히든의 딸(염앵)이 왔다니 꼭 봐야겠다고 하더래." 단독으로 영화 보러 가자고 청하는 건 동서양을 막론하고 그다지 적절한 것 같지는 않다. 아마 구식 인도인은 여성과 근본적으로 왕래하지 않아서 이 점을 주의하지 않은 것 같다. 아니면 염앵을 그저 꼬마로 여기는지도 모르겠다. 그런 이유 때문에 함께 가자고 하는 것인지 아닌지 나는 묻지 않았다.

중심가에 있는 영화관은 홍콩유형의 구식 건축물로, 영화에 나오는 예전 유럽식 건물과 약간 닮았다. 어둡고, 더럽고, 크기만 클 뿐 실용적이지 않은 느낌이었고, 길거리와 비교해서는 상당히 비좁은 데다 붐볐다. 대형 간판의 그림은 살벌한 장면이 난장판처럼 되어있었다. 어쨌든 보고 싶은 영화가 아닌데다 영화가 많아서 다 볼 수 없었다. 극장 문

앞에 이미 마중을 나와 있었는데, 키가 큰 50세 가량의 남자였다. 너무 말라서 뼈밖에 남지 않았다. 누렇게 바랜 하얀 양복을 입고 있었는데, 10~20년 전 유행하던 옷이었기 때문에 지금은 찾을 수 없는 옷이었다. 모옴(Maugham)[1]의 소설에 나오는 극동 및 남태평양에 사는 서양인과 닮았다. 피부색과 흰 머리카락 모두 누런색을 띄었고, 단지 핏대 선 큰 눈만이 인도인과 닮았다.

염앵(炎櫻)이 나를 대신하여 소개하며 그에게 얘기하였다. "제가 오자고 했으니 신경 쓰지 않으셨으면 좋겠어요." 그러자 그는 당황한 기색을 비치며 주머니에서 두 장의 영화표를 꺼내 염앵의 손에 쥐어주고는 "너희들 가서 보렴." 이라고 하며 황급히 밖으로 나갔다.

"아니에요. 우리가 표를 더 사올게요. 가지 마세요." 염앵은 이어 황급히 말하였다. "판나기(潘那机)선생님! 가지 마세요."

나는 여전히 무슨 일이 일어나는지 이해하지 못하였다. 그는 손을 내저었다. 떠나기 전에, 또 무언가가 생각난 듯, 손안에 있던 종이봉투를 염앵의 손안에 쥐어주었다.

염앵은 조금 쑥스러운 듯 웃으며 낮은 소리로 해명했다. : "그는 영화

●●●

1   윌리엄 서머셋 모옴, 프랑스의 소설가. 대표작으로 『달과 6펜스』가 있다.

표 두 장을 살 돈밖에 없었던 거야" 종이봉지를 열어보니, 두 개의 달달한 계란 전병이 있었다. 알록달록한 꽃 무늬의 불투명 빵 봉지로 포장되어있고, 바깥의 누런 봉지에는 기름이 스며들어 있었다.

우리는 어쩔 수 없이 극장으로 들어갔다. 위층의 표였고, 가장 싼 뒤쪽 줄이었다. 옛날식의 영화관인데, 위층은 클 뿐만 아니라 경사의 기울기가 매우 심했고, 가파랐는데, 그렇게 심하게 기운 것은 여태껏 보지 못했다. 어슴푸레한 불빛에서, 안내하는 사람을 따라 위로 올라가며 비좁은 계단을 걸어갔고, 바닥은 마대식의 카펫으로 되어있었다. 아래를 보자 빼곡한 2층석이 선형으로 펼쳐져 있었다. 마치 땅이 꺼지듯이 아래로 기울어져 있었다. 아래로는 난간이 하나 있었는데, 아주 낮아서 사람들을 하여금 현기증 나게 한다. 앉으면 밑으로 넘어질 것 같아서, 팔걸이를 잡아야 했다. 영화가 시작한 후, 스크린이 이상하게 작아서 정확히 보이지 않았다. 소리도 잘 들리지 않았다. 깜깜하고 어두운 와중에 그녀는 전병을 나에게 건네주었고, 손 안에 쥐고 옷에 기름이 묻을까 걱정했다. 맛은 좋았지만 먹는 분위기는 아니었다. 다 먹고 나서 얼마간 참으며 영화를 보다가 서로에게 말했다. "가자. 보지 않을래."

염앵은 나에게 그가 파시교도(帕西人 Parsee)-조상이 페르시아계 조로아스터교도-이고, 이전에는 장사가 매우 잘되었다고 말해 주었다. 염앵이 어렸을 때 홍콩에 살았는데, 맥도나우(麦唐纳)부인이라는 여자가 있었다. 본래는 광동 집안의 양녀였다. 처음에는 인도남자와 살았고, 세 번째로 같이 산 사람이 스코틀랜드인 맥도나우(麦唐纳) 였다. 그래서 자칭 맥도나우(麦唐纳)부인이라고 했고, 많은 자식이 있었다. 그 파시교도인과 서로 알게 되고 자주 그에게 중매를 섰고, 또한 큰딸을 억지로 그에게 시집보냈다. 그 또한 푸니(宓妮)를 좋아했다. 그 당시 푸니(宓妮)는 15살 이였는데 학교를 다니고 있었다, 결혼에 동의하지 않았는데 그녀의 어머니가 그녀를 때리면서 강요하며 시집을 보냈다. 22세에 이혼했고, 한명의 아들이 있었으며, 아들을 그에게 주지 않았다. 또한 만나지도 못하게 하였다. 그는 아들을 좋아하였고, 그 뒤로 장사가 망했다. 점점 적자를 보게 되었다. 푸니(宓妮)는 외국회사에서 일을 하였고, 아들은 19살이 되었다. 그녀와는 마치 형제자매 같았다.

어느 날 푸니(宓妮)가 염앵(炎櫻)에게 밥을 먹자고 하였고, 그녀는 이번에도 나에게 같이 가자고 하였다. 한 광동 찻집에서 점심을 먹었는데, 처음으로 국화차를 마셔보았고, 설탕도 넣었다. 푸니(宓妮)는 보기에 2~30대에 같았다. 양복을 입고, 보통체격에, 몸매가 날씬하고, 눈이 깊고, 코가 높고, 얄팍한 입술하며 나의 엄마와 아주 닮았다. 식사를 다 마친 후에도 여전히 닮았다고 생각했다. 염앵(炎櫻)는 나의 엄마를 본 적이 있어서 나는 이후에 그녀에게 나의 어머니와 닮지 않았냐고 물었다. 그녀는 말했다. "동일한 유형이지" 아마도 내가 닮았다고 느낀 것만큼은 아니었던 것 같다.

나의 어머니 또한 어쩔 수 없이 강요에 의해 결혼을 하였는데, 그래

『장간張看』 자서

서 처음부터 이혼의 가능성이 있었을 것이다. 나는 어렸을 때부터 줄곧, 사람들이 어머니를 두고 외국인과 닮았다고 하는 말을 들었다, 머리카락 또한 그다지 검지 않았다. 피부도 하얗지 않았고, 라틴민족과 닮았다. 엄마의 집안은 명나라 때 광동에서 후난으로 옮겨 왔지만, 줄곧 구습에 얽매였다. 심지어 첩을 들일 때도 혼혈은 들이지 않았다. 나의 남동생은 하얀 것만 빼면 엄마를 닮았다.

중국인들 중에 이러한 사람이 있다. 화남지역 외에도 화동의 해안 북쪽에 좀 있는 것 같다. 또 서북 서남쪽에도 있다. 이 문집 안의 「谈看书」에서 크게 인종학을 볼 수 있는데, 특히 선사시대 백인종의 극동에서의 종적, 그것은 정말 놀라운 결과이다.

홍콩전쟁 후에 나와 염앵(炎櫻)은 상하이로 돌아왔고, 그녀의 집에서 맥도나우(麦唐纳)부인을 보았다. 그녀 또한 일찍이 상하이로 이사 왔고, 듣자하니 장사를 좀 하는 것 같았다. 그녀는 몸집이 컸고, 장방형의 얼굴에 화장을 가볍게 하였다. 작은 꽃무늬 천으로 된 셔츠원피스를 입고 있었으며, 허리가 굵고, 여전히 튼튼했다. 말끔하게 생긴 영국여자와 닮았다. 유일한 동방의 멋은 어두운 머리의 반질반질한 빗의 넓고 얇은 쪽이었고, 정말 60 넘은 여자 같아 보이지는 않았다. 때로 염앵(炎櫻)의 아버지에게 어떤 일을 부탁하였는데, 그럴때면 목소리는 아담하게, 웃으면서 말하고, 눈은 실눈을 뜨며 애교를 띠었다.

염앵(炎櫻)은 푸니(宓妮)가 재혼했고, 그녀 아들친구인 탕니(汤尼)에게 시집을 갔다고 했다. 나이는 그녀보다 어렸고 3명이서 매우 행복하게 지냈다. 나는 그들 세 명이 공중 수영장에서 찍은 작은 사진을 보았는데, 두 명의 청년은 비교적 중국인과 닮았다. 나는 물어보지 않았지만, 탕니(汤尼) 또한 그들 제3 세계의 사람-중국에 있는 유럽인과 중국인 이외에 모든 나라사람들. 백러시아사람들 또한 예외-이었다.

맥도나우(麦唐纳)부인의 모녀와 그 파시교도인의 이야기는 수년 동안 내 머리 속에 깊숙이 스며들었다. 어떻게 좀 써보려고 해도 엉망이 되었다. 반나절을 잡고 있어도 가장 첫 구절, 즉 영화관에서의 그 작은 일도 써낼 수 없었고 어쩔 수 없이 자동으로 그만두었다. 동시기의 또 한편의 글 「창세기(创世纪)」는 나의 이모할머니에 대해 쓴 것인데, 기억에 「연환투(连环套)」보다 훨씬 별로였다. 그녀의 손녀와 요구(耀球)가 연애를 하였는데, 아마도 계속 발전은 되지못했고, 어떻게 될 것인지 당시에 아무도 알지 못했고, 조금의 흔적 또한 없었다. 나처럼 이렇게 전문적이고 자세한 줄거리를 쓰는 사람에게는 처음 접하는 상황이었다. 내 자신 또한 안된다는 것을 알고, 그만두었다. 전쟁 후에 출간한 『전기(传奇)』增订本에는 이 두 편이 실리지 않았다. 대륙에서 나올 때 가지고 나오지 못하였고, 또한 삼십년 후에도 안 좋은 영향이 사라지지 않고 남아있을 거라고는 생각하지도 못하였다. 또다시 이 자리를 빌어서 설명해야겠다.

작년에 당문표(唐文标)교수가 캘리포니아의 한 대학 도서관에서 40년대 상해의 옛 잡지들을 발견하였는데, 두 편의 미완성 소설과, 한편의 단문이 있었다. 그것을 영인(影印)했고, 이것을 다시 발표하자며 동의를 구하는 편지를 구해왔다. 그 안의 단편문 「고모의 어록(姑姑语录)」은 내가 산문집 『유언(流言)』에 수록하는 것을 잊었다. 이 두 편의 소설은 삼십년 동안 보지 않았고, 또한 기억하지 못했다. 오직 나쁘다는 것만 알았다. 매우 머리가 아팠고, 몇 주를 망설인 후에, 당교수와 몇 차례 편지를 주고받았다. 어투를 보니 이러한 영인된 자료를 보라고 먼저 부칠수는 없다는 듯했다. 이것은 분명히 오래된 무덤 안에서 출토된 물건과 마찬가지여서 일단 나오게 되면 머지않아 세상에 나오게 될 것이다. 내가 제일 관심 가는 것은 이 두 편의 불완전한 소설을 완정된 근저(近著)로 발표되는 것이니, 동의하는 것이 나을 것이고 해명의 기회도 될 수 있을 것이다. 그리하여 나는 당교수가 이 자료를 보내는 것에 동의했고 간행물도 그가 결정하라고 하였다. 나는 한편으로 간단하고 짧은 머리말 을 써서 이 소설의 미완성인 이유를 설명하였으며 『幼狮文艺』는 그것을 「연환투(连环套)」의 앞쪽에 실었다. 「창세기(创世纪)」는 『文季』에 실렸는데, 출판 후에 나는 한권도 받지 못하였다. 최근에서야 보았는데 앞부분에는 역시 축약된 머리말이 있었다.

『幼狮文艺』는 「연환투(连环套)」의 교료지를 보내와 교열을 한번 부탁했다. 30년을 보지 않았고, 설령 내 자신이 나쁘다고 생각했었지만 이렇게 나쁠 줄은 생각 못했다. 전체가 터무니 없는 소리를 하고 있어 나도 모르게 웃음이 나왔다. 계속 쭉 보다가 나도 모르게 계속 이를 드러내고, 우스꽝스러운 표정을 지었고, 인상을 찌푸리고 이빨을 깨물게 되었다. 치아틈새로부터 "이이!!"하는 소리가 새어 나왔다. 심지어 이빨이 차갑게 시려왔는데, 비로소, "이가 시린 것"의 느낌을 맛보았다.

예희(霓喜)가 지점에 가서 그 점원애인을 탐색하는 대목을 보고는, 문장을 이 지경으로 쓴 것은 분명히 어떤 목적이 있을 것이라고 생각했다. 다 본 뒤에는 의심을 가지고 내 자신에게 말했다. "이렇게 하고 끝이야?" 이 단락을 썼을 때 무슨 생각을 했는지 추측해보고 싶었지만, 뜻밖에도 집중이 되지 않았다. 머릿속이 하얘지고 일종의 무서움을 느꼈다. 당시의 원고 편집 때문인 것 같은데, 그 시기에는 다작을 했었다. 각자의 형편이 다르니 감히 다작이 주는 교훈이라고는 할 수 없지만, 나에게는 교훈이 된다. 요 몇 년간 더 보충된 「연환투(连环套)」를 쓰지 못하였는데, 시종일관 내 스스로 초라한 성적으로 여기고 있다.

이 두 편의 소설이 다시 출판된 후, 원래는 절대적으로 문집 안에 수록하기를 원하지 않았다. 그런데 듣자하니 해적판이 있다고 해서 어쩔 수 없이 스스로 책을 내게 되었는데, 적어도 서문을 써서 이 두 소설이 미완성인 것이 어떻게 된 일인지 설명할 수는 있겠다. 두 개의 폐품을 구하였지만, 또한 참으로 웃지도 못하고 울지도 못하겠다.

번역 박소정

85

『장간張看』 자서

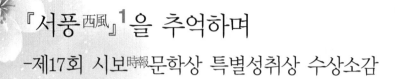

『서풍西風』[1]을 추억하며
-제17회 시보時報문학상 특별성취상 수상소감

　시보문학상 특별성취상을 받은 것은 나에겐 정말 뜻밖의 영광이다. 이번 수상소감은 정말 쓰기 어렵다. 두세 번 감사를 전하는 것으로는 정중함이 모자랄 것 같다. 나도 모르게 마음이 망연해져서 한마디로 생각나지 않는다. 하지만 그것은 물론 예전의 서풍에 관한 일 때문이란 것을 안다.

　1939년 겨울, 혹은 다음해 봄이었나? 나는 막 홍콩대학에 진학했다. 『서풍』잡지는 현상공모를 했는데, 제목이 『나의 ○○○』였고, 글자수 오백자 제한이었다. 일등은 아마 오백원이었는지 잘 기억이 나지 않는다. 항전이 막 전면적으로 시작되었고 프랑은 가치가 떨어지고 환전에 제약이 있었다. 3원은 홍콩돈 1원이었다.

●●●

나는 단편 〈나의 천재몽〉을 써서 이미 고도(孤島)가 된 상해로 부쳤다. 원고지가 없어 일반 편지지에 썼고 겨우 겨우 글자 수를 맞추었다. 오백자의 제한 속에서 고치고 또 고쳤고, 한번 한번 머리가 어지러울 정도로 글자를 세었다. 반드시 사백구십몇 자로 줄여야 했고 모자라도 만족할 수 없었다.

프랑스 수도원에서 지은 여학생 기숙사에는 매일 식탁 위에서 우편물이 배분되었다. 나는 내가 일등에 당선되었다는 잡지사의 통지를 받았는데, 마치 복권에 일등이 당첨된 것 같았다. 기숙사의 친구들 중에 천진에서 온 채사소(蔡師昭)만이 중국어 간행물을 잘 알았다. 나는 그녀에게 보여주었고 탁자위에서 모두가 돌아가며 보았다. 홍콩 토박이 여학생들은 모두 성스테판서원을 졸업했고 말레이시아 화교학생과 같이 영문만을 공부했고 중국어는 그저 글자만 아는 정도로 그렇게 중시하지 않았다. 토박이들은 모두 쾌활한 아가씨들이었는데, 그 중 주묘아(周妙兒)는 그 아빠가 훈작사[2]로 유명했고, 하마터면 영국왕실로부터 '태평신사'라는 작위를 받을 뻔 했다. (이 명사는 분명 홍콩의 태평산(太平山)에서 왔을 것이다) 그는 작은 섬을 사서 별장을 지었다. 주묘아는 기숙사의 친구들을 별장으로 하루 초대하였다. 그 개인소유의 청의도

●◦◦
2 영국정부가 주는 최고의 훈장

87

『서풍西風』을 추억하며

(青衣島)는 페리호의 운행 범위 밖에 있었기 때문에 개인적으로 작은 배를 빌려야 했다. 왕복에 각자 십몇원의 배값을 냈다. 나는 학비와 기숙사비, 책값 외의 지출을 가장 걱정했다. 골머리를 썩이다가 수녀님에게 가지 않게 해달라고 말했다. 그리고 부득이 부모님이 다른 곳에 계시는데 어쩔 수 없이 떠나야 했고 엄마가 나를 대학에 진학시킨 것은 이미 큰 부담이라는 등등의 설명을 더했다. 수녀님이 결정을 내리지 못하고 돌아가서 사실을 알리게 되다보니 일이 시끄러워져서 수도원의 원장까지도 모두 알게 되었다. 나와 함께 들어온 절친 염앵도 창피하다고 여기면서 그 잘난 돈을 아껴서 어디에 쓰려고 하나며 나를 윽박질렀다. 나는 더 이상 버티지 못했다.

채사소는 내 상황을 관심 있게 보았고 내가 비록 돈이 필요하지만 나의 원대한 꿈은 이번 상금보다 훨씬 크다는 것을 알아채고 있었다. 그녀도 나를 축하해주었다. 그녀는 아주 신중하고 성숙해서 보기에 스무 살이 넘어 보였다. 집에서 그녀에게 소사라고 이름을 지어주고 『여훈』[3]의 반소(班昭)를 본받게 했으니 그래서 그런지 확실히 보수적이었다. 그녀는 경험자였으니 많은 말을 할 필요 없이 나의 행운을 알 수 있었다.

● ● ○
3 아녀자가 지켜야 할 도리를 적은 책

오래지 않아 또 수상자 전부의 명단을 받았다. 일등 당선작은 「나의 아내」였고 작자의 이름은 기억나지 않는다. 나는 말미에 적혀있었고 아마도 특별상이었던 것 같다. 혹은 서방에서 말하는 명예로운 언급(honorable mention)과 같은 것이었나 보다. 나는 25원의 상금을 받았는지 기억나지 않은데 아무튼 500자의 고료보다는 많았다.

「나의 아내」는 서풍 1기에 발표되었는데, 부부가 만나게 되는 과정과 결혼 후 겪는 가난과 질병의 좌절을 그리고 있었다. 배경은 상해였고 3000여자에 달했다. 서풍은 왜 글자 수를 계산하지 않고 규칙을 깨고 상을 주었는지에 대해 언급하지 않았다. 당시 나의 느낌은 어떤 이의 친구가 상금이 필요했고, 기왕에 도와주기로 한 이상 도와주지 않으면 미안하니까 준 것 같은 느낌이었다. 비록 잡지에 실리는 기한은 일찌감치 지났지만 나는 모두에게 내가 상을 탔다고 알렸다.

"우리 중국인이란!" 나는 스스로에게 쓴웃음을 지었다.
다행히 엄마에게는 아직 말하지 않았다.

"일등이 아니야". 나는 씽끗 웃으며 그 통지서를 채사소에게 보여주었다. 사실 일등도 아니고 2등, 3등도 모두 아니야. 내 말은 그렇게 힘이 없었다.

그녀는 그걸 보고는 중얼대며 한마디 했다. '어떻게 된거지?' 더 이상 말하지 않고 얼굴에는 전혀 표정이 없었다. 그녀의 그런 감정과 표정을 억제하는 것은 홍콩대학의 영국풍과 잘 들어맞았다. 그녀는 내 대신

『서풍西風』을 추억하며

난감해했고, 그것이 나는 더욱 난감했다.

『서풍』은 한 번도 나에게 편지나 글로 그것을 해명하지 않았다. 당시 나는 불과 대학교 1학년생이었다. 작품들을 모아 출판을 할 때는 제목을 나의 작품인 『천재몽』으로 했다.

50여 년 후 그것과 관련된 인물은 아마 나 혼자 남은 것 같고 나 혼자 마음대로 말하고 있다. 글 속의 말들은 설령 믿을 만하지만 옹졸함을 혐오하는 뉘앙스도 들어있다. 지금도 원망의 기억이 남아 있을까? 당연히 시간이 지나고 또 중국을 떠나 오며 이미 깨끗이 잊었다. 하지만 열몇 살 시절의 감정은 가장 강렬해서 상을 받았던 그 일은 신경이 죽어버린 충치가 되어버렸다. 그러므로 지금 무슨 상을 받는 것에는 어떠한 감정도 생기지 않는다. 반세기 전의 일이지만 마땅히 가졌어야 할 희열을 뺏긴 것에 대해서는 지금도 원망을 떨쳐내기 어렵다. 지금 이곳의 문예상은 이렇게 공개적으로 평가한다. 앞에서 내가 말한 것은 사람들에게 일말의 참고나 비교가 될 것이다.

번역 *이종철*

「소애」에 관하여 關於小艾

　　나는 소설 「소애」를 아주 싫어한다. 이야기의 특징이 부족하다는 친구의 말이 맞았다. 본래의 이야기는 이러하다.

　　애첩의 하녀 한 명이 강간을 당해 임신을 했다. 이를 애첩이 발견한 후 심하게 두들겨 패고 감금했다. 아이를 낳자 자기가 낳은 양 보살폈다. 하녀는 곧 기생집에 팔릴 것이나 어떻게 될지는 모르는 일이었다.
　　첩은 총애를 잃었다. 그 후, 하녀의 아들은 '오(五)'부인의 손에 키워지게 되었다. 그러나 아들은 오부인을 증오했다. 왜냐하면 오부인은 첩에게 앙심을 품는 법이 없고 여전히 잘해 주었기 때문이다. 오부인의 하녀 소애는 그보다 7~8세 어렸고, 그 또한 의기소침하고 가슴에 응어리를 품은 청소년이었다. 소애는 한 때 그를 놀리며 희롱했지만, 두 사람 모두 집 안에서 쫓고 쫓기다 그칠 뿐이었다.

　　그녀는 결혼 후 미국의 베스트셀러 소설 속 이민자들처럼 열심히 노력하며 돈을 벌고 싶어 했는데, 공산당이 온 후 낙담하여 웃으며 말했다. "이제는 가망성이 없다."

번역 박혜은

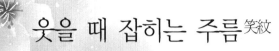

웃을 때 잡히는 주름 笑紋

1970년이던가, 『황관(黃冠)』에서 한 토막 우스운 이야기를 보았다. 비록 인명과 정부기관 명칭 등 자세한 내용은 없었지만 실제 있던 일이었다.

어떤 사람이 전화를 걸어 그곳에 부장(部長)이 있는지 물으며 부장을 바꿔달라고 했다. 상대방이 대답했다. "나는 말하지 않습니다(我就是不講)" 여러 차례 바꿔달라고 했는데, 여전히 대답은 "나는 말하지 않습니다(我就是不講)"였다. 전화를 건 사람은 그와 실랑이 하는 것에 대해 화가 났지만 똑같은 대답을 들었다. "나는 말하지 않습니다(我就是不講)". 반나절을 씨름한 뒤에야 그가 바로 부장임을 알게 되었다.[1]

나는 그것을 보고 너무 웃겨서 허리를 펴지 못할 정도로 계속 크게 웃었다. 이후 족히 10년이 되어서도 한번 생각나기만 하면 우스워서 눈

●●●
1 중국어 발음 不講과 部長은 성조만 다를 뿐 같은 발음이다.

물이 나곤 했다. 사실 나 역시 이전 학생시절에 국어도 표준적이지 않고 상해말도 할 줄 몰랐기 때문에 학교에서 차별대우를 꽤 받았으나 여전히 이처럼 다른 사람을 보고 웃는다.

같은 상해지만 푸동말은 당시 상하이에서 웃긴다고 여겼다. 상해말「甲底別」(脚底板)은 푸동말로「居底別」이다. 친구들은 사감의 푸동 발음을 흉내냈는데,「居底別」이 들리면 모두들 떼굴거리며 웃었다. 지금 이런 종류의 우스운 이야기는 세계적인 흐름에는 걸맞지 않는다.

이제까지 미국 희극배우들의 뛰어난 재간은 원래 각국 이민들과 본토 흑인들의 사투리를 본뜬 것인데, 소수민족 특유의 농담은 경시되는 풍토로 여겨졌고 이미 남들에게 중시 받지 못하는 저속한 것으로 여겨졌다.

비록 유태인이나 일본, 한국, 프에르토리코의 희극배우들은 여전히 그들 선배들의 시골 사투리를 가지고 비하하면서 웃기지만, 결국 그것은 자소(自笑)와 마찬가지다. 다른 나라들은 그래도 자의적으로 스칸디나웨이야의 이상한 구강을 웃음의 소재로 삼는다. 한 글자 한 구절 여음이 끊이지 않고 가늘게 이어지고 나풀거린다. 항의하는 이도 없는데, 아마도 스웨덴, 노르웨이 덴마크, 이 작은 세 나라는 스스로를 비하함이 없고 거리낌이 없는 듯 하다. 그들의 조상인 해적 바이킹은 일찍이 원양해양가로서 콜럼버스에 앞서 이미 신대륙을 발견했다. 근대에는 현대 화극의 아버지인 입센이 나왔고 사회복지선진국이 되었으며 노벨장

학금을 만들었다.

사실 내가 보기에 사람들은 각자의 웃음 포인트가 있으니 차별할 필요가 없다. 어쨌든 고급유머이든 저급하고 무료한 것이든 바나나 껍질에 미끄러지는 것을 보고 웃는다는 기본적인 희극 국면에 그 뿌리를 두고 있는 것이다. 비록 "학이불학(謔而不虐)"이라고 말하지만, 謔자는 또한 言과 虐으로 이루어져 있다. 즉 언어를 이용해 표현되어지는 정신적 학대를 말하는 것이다. 창힐[2]은 글자를 만들 때 이미 고대 희랍에서 말하는 "희극은 악의적이다"라는 정의를 깊게 간파하고 있었던 것 같다.

최근 미국 TV에서는 의학계에서 큰 웃음이 건강에 유익하다는 것을 재차 발견했다는 내용을 보도했다. 몇 년 몇 개월까지 인지 자세히는 못 들었지만 한번 큰 웃음이 몇 일 수명을 연장시킨다는 것이었다. 만일 재수 없게도 남에게 웃음거리가 된다면 우리는 마음 속으로 그들의 소견이 좁다며 마음껏 욕하거나, 어쩔 수 없이 그냥 따라서 한번 웃으면 된다. 어쨌든 그들을 이롭게 해주는 것이다. 한차례 큰 웃음은 미래에 죽을 때가 다 되었을 때 생명을 얼마간 며칠 동안이라도 연장시킬 수 있을 것이다. 우리들은 가령 설령 즐거움을 기부했다고 할 수 없더라도

●●●
2 한자를 만들었다는 전설 속의 인물.

자선가들이 베푸는 약과 같다.

　『황관』에는 변함없이 현대인들이 직접 자신이 경험한 이야기나 이전 선인들이 기록해 놓은 것 등 매번 코믹한 이야기가 한편 실려 있다. 난 갑자기 생각지도 않게 웃음 주름(Laugh Lines))이라는 제목이 떠올랐다. (笑紋~웃을 때 눈가나 입가에 생기는 주름~ 또 다른 의미는 "우스운 몇 줄의 어휘"이다)

　요 근래 『황관』은 좀 많이 변했지만 전반적으로 지면에 최근 사진 등을 통해 국내외 중국인들의 상황을 잘 반영하고 있다. 대륙을 포함하여 여전히 사랑받는 것은 다소나마 편안하고 한가로운 대중들의 본래 모습을 보여주기 때문이다. 내용은 민족 고유의 특성과 이국적인 정서가 공존하며 조화를 이루고 있다. 그것은 특히 청소년들이 추구하는 보편적인 열망이라고 할 수 있다. 텔레비전 시대 이전 미국에서 가장 영향력 있던 것은 한 두개의 유행잡지였다. 중국에는 아직까지 황관이 있을 뿐 별 다른 것이 나오지 않았다. 또 다시 40년이 지나도 중국인들이 거주하는 지역마다 가까이에 『황관』이 있음을 나는 믿는다. 비록 어떤 독자들은 때때로 공감하지 못하겠지만, 아마도 나처럼 자신을 보면서 이렇게 말할 것이다. "아…, 지금은 이렇구나"

번역 이종철

95

웃을 때 잡히는 주름 笑紋

사촌이모, 어린이모 및 기타 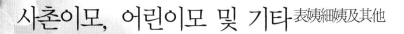表姨細姨及其他

임패분(林佩芬)여사는 『서평서목(书评书目)』에서 최근 출판된 한 편의 내 졸작 단편소설을 평론했는데, 「看张——'相见欢'的探讨」이라는 제목이었다. 앞 부분에 원매(袁枚)의 시 한편을 인용했는데 그것을 보니 재미도 있었고, 또 감탄스러웠다. 이 인용이 참으로 좋다고 생각해 독자들이 볼 수 있도록 베껴왔다.:

> 爱好由来落笔难　시 쓰기를 좋아하지만 쓰기가 어려워
> 一字千改始心安；글자 하나를 쓰면서도 천 번은 고쳐야 비로소 마음이 편하다네.
> 阿婆还是初笄女，노파는 여전히 시집 안간 처녀와 같아
> 头未梳成不许看。아직 머리를 빗지 아니하고는 보일 수 없노라
> ——원매(袁枚) 「견흥(遣兴)」

그녀는 글에서 이 이야기 속 오(伍)부인의 딸이 엄마의 사촌누이를 "사촌이모(表姨)"가 아니라 "사촌고모(表姑)"라고 부르는 것을 언급하고 있다. 이를 통해 두 사람은 사촌자매(表姊妹)라는 것 이외에도 혼인관

계로 엮여있다는 것을 알 수 있다~ 두 사람은 모두 본래 친척사이 인데, 또 혼인의 연을 맺은 것이다. 오(伍)부인의 남편은 그녀들의 사촌남동생이고, 순(荀)부인의 남편 역시 '친척이자 옛친구(亲戚故旧)' 중 한명이라는 것을 알 수 있다.

임패분여사는 참으로 세심하다. 순(荀)부인의 남편은 사촌자매들(表姊妹)보다 한 살이 어릴 뿐이고, 오(伍)부인의 남편은 반드시 아내보다 어려보인다고 할 수는 없다.

사실 엄격하게 말하면, 여기에서는 마땅히 "사촌이모(表姨)"라고 글을 써야 한다. 그녀들은 단순한 외종사촌누이지간에 지나지 않았다. "사촌고모(表姑)"라는 두 글자를 썼을 때는 나 또한 잠깐 망설였다. 그러나 꼭 해설을 달아야겠다는 생각은 하지 못했다.

나에게는 아주 많은 사촌고모(表姑)가 있지만 사촌이모(表姨)는 한 명도 없다. 내 엄마의 사촌누이는 또한 나의 아버지의 먼 친척의 외종사촌누이라서 사촌이모라고도 볼 수 있다. 나는 지금에서야 이모(姨)라는 글자를 금기했다는 것을 생각해냈다.

설마 표(表)라는 글자가 표(嫖)자와 독음이 비슷하기 때문일까? 우리집 뿐만 아니라 ---우리는 하북사람이다---친척집에서도 "사촌이모(表姨)"라는 말을 들어본 적은 없다. 유일한 예외는 허페이(合肥) 이(李)씨네 집에 있는, 본적이 양저우(揚州)인 사위인데, 친척 중 유일한 장쑤성 북부(苏北) 사람이었다. 그의 아내와 나의 고모는 당외종 사촌누이

사촌이모, 어린이모 및 기타 表姨細姨及其他

지간이었다. 그들의 아이들은 내 고모를 "사촌이모님(表姨娘)"이라 불렀다. 당시에 조금 거슬리게 들렸는데, 왜 그런지 알아보려고 하지는 않았다. 물론 红楼二尤[1] 또한 가용(賈蓉)의 작은어머니였다. 기혼이면 "姨妈"라고 부르고, 미혼이면 "姨娘"이라고 했다. 하지만 『홍루몽(红楼梦)』에서 손아랫사람도 "姨娘"을 "姨娘"이라고 불렀다. 엄격하게 말하자면 첩이 된다는 것이 정식결혼은 아니기 때문에, 예의바른 존칭을 쓰는 것은 어쩔 수 없이 결혼하지 않은 이모를 대하는 행동이다.

나의 어머니는 호남사람인데, 그녀는 할아버지의 첩을 "큰이모, 둘째이모(大姨二姨)"라고 부른다. 나의 외숙모 또한 호남성(湖北省)사람이다. 그러나 나의 외숙댁은 상당히 상해(上海)풍이다. 그래서 외종사촌누이는 여전히 외숙모의 여동생을 "이모(阿姨)"라고 부른다. ——"이모(阿姨)"는 오어[2]로, 최근 몇 년간 비로소 보급되었다. ——이모("阿姨")가 있는 집안은 이 집 한집 뿐이었다.

이치에 따라서 "결혼한 이모(姨妈)"라는 명사를 대체할 것이 없다. 하지만 내가 알기로는 "결혼한 이모(姨妈)"또한 단 하나이다. 이홍장(李鸿章)[3]의 장손은 연속해서 시인 양운사(杨云史)의 여동생을 부인으로 맞

· · · ·

1 소설《홍루몽(红楼梦)》에 등장하는 인물들로, 尤二姐와 尤三姐 두 인물을 가리킨다.
2 상하이 지역 방언.

이했는데, 손아랫사람들은 모두 그녀의 언니를 "큰이모(大姨妈)"라고 부른다. 양가(杨家)는 강남(江南)사람이다.——창숙(常熟)⁴이던가?

　그러나 나는 내 계모의 자매를 "큰이모(大姨)"에서 "여덟째 이모, 아홉째 이모(八姨九姨)", "열여섯째 이모(十六姨)"까지 부른다. 그녀들의 부친 손보기(孙宝琦)는 슬하에 8명의 아들과 16명의 딸들을 두고 있다. 손가(孙家)는 강남(江南)⁵사람과 비슷하다. ——나는 이러한 일들에 항상 모호해했다.——비록 모두 북경사투리가 완벽하다고 할 지라도 말이다.

　이외에도 우리 친척 일가들은 모두 화북(华北)⁶, 화중(华中)⁷과 중남부로부터 왔다. 보아하니 풍조가 비교적 개방된 강남(江南) 일대를 빼고는 —— 쑤뻬이(苏北)⁸까지 뻗치고 있었다.—— 근대에는 모두 '이모(姨)'자를 기피하고 있었다. 적어도 구두로는 '姨나 '姨娘'⁹라는 호칭들이 이미 도태되고 있어서 姨太太¹⁰와 헷갈리는 것을 면했다.

●●●●

3　청말의 대신. 양무운동을 주도한 것으로 유명함. 장애령의 어머니는 이홍장의 손녀다.
4　양쯔 강(扬子江) 델타 지대에 있는 장쑤(江苏) 현의 현공서 소재지
5　창장(长江) 이남 지역
6　화북. [중국 북부 지역. 베이징(北京)·텐진(天津)·허베이(河北)·산시(山西)·네이멍구(內蒙古) 지역을 포함함
7　화중. [중국의 중부지역. 허난(河南)성·후베이(湖北)성·후난(湖南)성 지역을 포함함.
8　장쑤(江苏)성 북부 지역
9　작은어머니. [옛날, 자녀들이 아버지의 첩을 부르던 말]

민남(閩南)말로 "細姨"는 첩인데, 분명히 푸젠성(福建)과 광동(广东)도 모두 '小'를 '細'라고 발음했다. 오늘 날 아마도 대만(台湾)에서 妻妹를 小姨라고 부르는 이는 많지 않을 것이다.

30년간 베스트셀러였던 장자평(张资平)의 소설 중 한 청년과 그의 어머니의 어린 여동생인 운(云)이모(姨母)가 서로 사랑에 빠진다는 작품이 있다. 운이모(云姨母)는 명백하게 구어는 아니지만 이 호칭은 아주 괴상하고 부자연스럽다. '云姨' 혹은 '云姨娘'라고 부르지 않기 위함이다. 설령 문언이라 할지라도, 미혼의 소녀를 '이모(姨母)'라고 부르는 것은 옳지 않다. 장자평(张资平) 소설의 외관은 매우 서구적이지만, 제멋대로 글자를 배열했다. 글 속에서 장소는 모두 'H市'、'S市'과 같은 식이었는데, 대도시인지 아닌지 알아낼 수가 없다. 그 곳이 후베이성 한커우(汉口)인지, 상해(上海) 혹은 항주(杭州)인지, 산터우(汕头)[11]인지 추측할 방법이 없었다. 나의 인상에는 저자가 내륙사람인 것 같다. 만약 상해에서 글을 썼다고 해도, 그건 나중이었을 것이다. 그는 확실히 '姨'라는 글자에 예민함을 갖고 있었던 것 같다.

●●●

10 첩을 가리킴.
11 광동시(廣東)에 속한 시급의 행정구역

'表姑'와 '表姨'의 다툼은 거론하지 않고, 잠시 『상견환(相见欢)』라는 이 소설에 대해 이야기하자면, 마땅히 해설을 달아야 할 듯하다. 매우 짧은 이 한편에 주해가 이렇게 길다면, 이것은 정말 웃음거리가 될 만한 것이다. 나는 진실로 전통적인 백묘 기법을 열망한다.――그것은 온전히 한 사람의 대화와 움직임과 의견에 의거해서 개성과 의향이 나타난다. 그러나 열망은 다른 열망으로 귀속되고, 양분된 것이 하나가 될 수 있을지 아닐지는 모른다. 분명히 실패했다. 심지어 임(林)여사와 같이 이렇게 꼼꼼한 사람도 『상견환(相见欢)』 중 순소보(荀绍甫)를 제대로 보아내지 못했다.

① 비록 그가 여자에게 상냥한 사람이 아님에도 그는 그의 부인의 옷차림에 대해 관심을 가지고 있다.
② 아무 생각 없이 결혼을 한 것을 마치 복권에 당첨된 것처럼 여긴다.
③ 평상시와 다르게 부인과 이야기 할 때 말투가 온화하고 상냥하다.
④ 부부의 나이가 이미 중년을 넘어섰음에도 그녀에 대해 여전히 강렬한 욕망이 있다.

순소보는 그의 부인을 사랑한다. 그가 그녀의 말 속 숨은 뜻을 이해하지 못하는 것에 관해서 말하자면, 그는 때때로 말하는 것을 주의하지 않고 그것은 그녀를 화나게 한다. 그것은 대다수 호탕한 남자들의 일반적인 폐단이다.

이 속의 4명의 인물 중, 오(伍)부인의 딸은 방관자다. 그녀 자신의 신

101

사촌이모, 어린이모 및 기타 表姨細姨及其他

세에 대해 말하자면, 우리는 단지 그녀의 집안이 그녀가 일찍 결혼하는 것에 대해 반대했다는 것과, 혼인한 후에 남편이 외국에 공부하러 나갔다는 것만을 알고 있다. 같이 갈 방법이 없었기 때문인데, 이 대목에서 비로소 돈이 없는 고충을 알게 된다. 이는 결코 돈 없는 집안에 시집간 것을 후회한다는 것은 아니다. 적어도 후회하는 흔적은 없다. 부부지간은 분명 금슬이 좋았다. 단지 그것은 이별의 슬픔에 더해 현실을 마주해야 하는 것—— 성장의 고통이었다.

오(伍)부인에게는 두 가지 모순이 있다.

① 그녀를 무척 아끼는 우애 깊은 사촌누이는 '아름다운 여자가 못생긴 남자에게 시집을 간' 처지였다. 오부인은 그녀가 부당한 대우를 받는 것에 대해 안타깝게 생각하고 분노하지만, 그녀에게 뒤따르는 이야기들에 대해서는 하찮게 생각한다.

② 그녀는 순(荀)부인 보다 학식이 있기 때문에, 비교적 소보(绍甫)의 사람됨을 이해할 수 있었다——그는 차라리 집에서 콩나물을 키울지언정 군벌을 위해 일하지는 않았다. 북벌전쟁이 끝난 후에야 비로소 난징(南京)에 가서 소일거리를 찾았다. 그러나 그녀는 한 편으로는 여전히 소보(绍甫)의 여러 방면에 생트집을 잡았는데, 자신의 남편에 대해서는 오히려 매우 너그러웠고 "원이불망(怨而不怒)[12]"했다.——단지 그녀의 연적에 대해서만 화를 냈는데, 마음속으로는 "매춘부(婊子)"라고 꾸짖었다. 그것은 그녀의 숙녀 같은 형

상에 상반되었다. ──버림받고 나서도 여전히 그에게 편지를 보낸다.

분명히 그녀는 여전히 소보(绍甫)를 질투하고 있었다. 소녀시절 짝사랑했던 동성의 상대는 그에게 시집을 갔는데, 십 수년이 지나서도 여전히 분개하고 평안을 찾지 못했다. 오히려 순(蔔)부인이 이미 현실에 잘 적응했고, 게다가 매우 만족해했으며, 지금 그녀의 작은 가정생활이 곧 행복한 것이었음을 알고 있었다. 어느 날 소보(绍甫)가 죽어서 살아가는 게 분명하지 않게 된다면, 자신의 힘으로 살아갈 것을 준비할 것이다. 그녀는 소보(绍甫)의 죽음에 대해 냉혹했는데, 그녀가 그를 처음부터 끝까지 좋아하지 않았다는 것을 보여준다. 한 사람이 한평생 조금의 애정도 생기지 않을 수는 없다. 하지만 그녀가 그 당시에 설령 그녀를 연모하던 단짝친구에게 마음이 움직였다고 해도 또 어찌할 수 있었겠는가? 어쩔 수 없이 따라다니는 것들에 대해 계속 언급할 수밖에 없다.

몇 사람은 각자의 마음 속에 작은 화산들이 존재하는데, 비록 불은 보이지 않더라도, 단지 때때로 불 붙는 것을 분출시킨다. 이것은 결코 임(林)여사가 말한 '고목사회(槁木死灰)[13], '둔해져서 어떠한 감정도 느

●●●

12 원망하나 노여워하지 않는다.
13 성어, '말라 죽은 고목나무와 불기 없는 재'라는 뜻.

꺼지지 않는다.(麻木到近于无感觉)'와 같은 것이 아니다. 이러한 차이는 내가 생각하기에 그 유래가 이미 오래되었다. 나의 이것은 하나의 졸렬한 시도에 지나지 않는다. 하지만 '의재언외(意在言外)[14]', '일설편속'(一说便俗)의 전통은 이미 전해 내려오지 않고 있다고 생각한다. 우리는 글자 행간에 끼워져 있는 문장의 의미를 보는 것에 익숙치 않다. 그러나 다른 방면에서 말하자면, 틈새 문장은 결코 미로가 아니다. 임(林)여사는 서문에서 나의 또 다른 근작 〈색, 계(色, 戒)〉를 언급했다.

> ……인간의 속마음에 있는 「가치감(價値感)」의 문제를 다루고 있다. (그래서 주연 여배우의 이름을 "왕가지"(王佳芝)라는 독음을 쓴 것인가?)

이 문장은 나로 하여금 『중국시보』의 人間칼럼에서 어떤 사람이 나의 소설 《류정(留情)》을 두고 "옅은 노란색의 담장은 민족의 관념이다──황인종의 피부색을 편애한다──『홍루몽(红楼梦)』의 색은파와 같은 계열에 속한다."라고 말한 것을 연상케 한다. 물론 《홍루몽(红楼梦)》조차도 복세인(卜世仁) 같은 인물이 존재하는데, 바로 가운(賈芸)의 외삼촌이다. 그러나 당시에는 여전히 소설이 문장놀이라는 견해에서 벗어나지 못했다. 조설근(曹雪芹)은 비록 그런 관점에 동의하지 않았지만,

● ● ●

14 성어, '함축적으로 말하다'라는 뜻.

우연찮게 한번 해보는 것을 피하지는 않았다. 오늘에 이르기까지 여전히 유치하게 사람의 성명을 이용해서 남을 비방하거나 글의 목적을 암시한다는 말인가?

그 외에도 임(林)여사는 또한 『상견환(相见欢)』 속 관점의 문제를 제기했다. 나는 최근 계속해서 옛 소설의 전지적 관점을 현장의 인물 관점과 섞어서 사용했다. 각 인물의 대화를 단락으로 나누었다. 이 단락 안에는 아무개의 대화나 동작이 있고, 감상이 있다면 바로 그 아무개의 것이었으며, "그가 생각하기에" 혹은 "그녀가 생각하기에"라는 말을 집어넣을 필요가 없었다. 이것은 현재 각 나라에서 보편적으로 사용되는 관례이다. 이 소설에도 이러한 예가 적지 않다. 임(林)여사는 단독으로 오(伍)부인이 생각한 "외국에는 이런 말이 있다. '죽음은 사람을 평등하게 한다.' 사실 불평등해도 죽음에 이르면 이미 평등해진 것이다. 물론 한 여인에게는 이미 늦었다."라는 문장을 가리켜 "겹평겹서(夹评夹叙)"[15]라고 지적했고, 그것은 「작가가 소설의 인물에 대해 비판한다」라고 했다. 그건 분명히 원문에서 영문의 유명한 문구를 인용했기 때문에, 작가의 의견으로 오인한 것이다.

●●●
15 서술하면서 논평을 쓰는 글

오(伍)부인은 재능과 학식이 가득 찼지만, 그녀가 동서양의 학문에 통달한 것을 설명하지 않았다. 오(伍)부인은 실제로 있는 사람이고, 일찍이 오(伍)선생의 반려가 되어 수년간 영미(英美)를 유학했다. 비록 정식으로 대학에 진학한 적은 없으나, 영문을 매우 잘 한다. 나는 소설 외의 문장은 생략하여 거론하지 않았다고 생각했다. 혹시나 만일 거론했다면, 그녀는 가장 자주 인용되었던 이 영어 문구에 익숙할 것이며, 갑자기 돌출된 것으로 보지 않을 것이다. 게다가 그녀의 딸은 스스로를 원망하며 남편과 외국으로 함께 떠날 수 없었는데, 그 또한 그럴만한 이유가 있었다. 이후에 이 점을 보충하여 글을 써야겠다. 나를 일깨워준 임(林)여사께 매우 감사한다.

번역 *김혜연*

一九八八-?

나이든 화교들은 로스엔젤레스(洛杉磯)를 나성(羅省)이라고 한다. 羅省과 洛杉은 모두 음역인데, 「磯」자를 생략한다. 잘 모르는 이들은 그것을 주(州)이름으로 여긴다. 혹시 路易西安納州를 줄여서 羅省이 된 것인가 하고 말이다. 비록 하나의 성(省)이 되기엔 모자라지만, 이 도시의 면적은 확실히 크다. 이곳은 유명한 자동차의 메카다. 자동차는 최신형이고 수량도 가장 많고 가장 보편적인 곳으로 사람들마다 모두 가지고 있다. 그래서 공공버스 사업은 상황이 아주 안 좋고, 교외 쪽은 시내에 비해 특히나 더 그렇다. 이 작은 위성도시의 거리엔 버스정류장이 텅텅 비어 있고 30분을 기다려도 한 명도 보이지 않는다. 버스가 오기를 학수고대해보지만 시야에 들어오는 것은 하늘과 땅뿐이다. 위로는 웅장하게 솟은 언덕이 있는데 따뜻하고 건조한 남캘리포니아의 사계는 언제나 푸른 황록색이고 옅은 남색 오후의 하늘이 비쳐진다. 도시에서 비교적 멀리 떨어진 이곳 산골짜기의 산 속에는 아직 건물들이 없고, 이 숲속에서 바라보면 근교의 산들에 가득 들어서 있는 하얀 집들도 보이지 않는다. 오로지 높게 누워있는 큰 산만이 보이는데, 전체가 온통 가

벼운 황색의 창록이다. 산 뒤쪽으로는 옅은 남색의 하늘이 펼쳐져 있다. 이 대륙에 처음으로 발을 내딛은 첫 번째 무리의 스페인 사람들이 발견한 산이 아마도 이런 모습이었을 것이다.

산 기슭 아래에는 두 개의 육교가 있다. 위 아래 모두 두 개의 흰 시멘트 난간이 있다. 그 하얀색 줄무늬처럼 보이는 다리는 가장 주목을 끄는 광고판이 되어서 축소된 자동차들을 전시한다. 멀리서 보면 속도도 감소되어 하나하나씩 빠르지도 느리지도 않게 미끄러져 지나간다. 작고 깜찍한 장난감 자동차들이 꽃나무가 우거진 사이로 지나가는데, 올해 새로 나온 아담한 금속품 색깔은 짙은 은색, 진한 빨강, 빛바랜 군용깡통색 등이다. 짐차, 화물과 승객을 싣는 겸용차, 이동식 캠핑차, 차를 가득 실은 이층 트럭, 최신식 화물차는 모양이 종잇장 같은데, 뒷문은 열려있고 한 줄의 쇠사슬만이 장착되어 있어 그림자는 마치 부드럽고 하얀 옷걸이 같다. 캠핑카의 앞부분 상단에는 높게 돌출된 유리창이 있어서 마치 물소의 뿔 같기도 하고 높이 말아 올린 코끼리 코 같기도 하다. 대형 화물차가 가장 많아서 육교의 난간을 점점 더 낮게 만든다. 트럭에 실린 흰색의 큰 상자들은 제어가 안 되어 계속해서 이리저리 흔들리고 요동치는 모습이 마치 육교 위로 넘어질 것만 같다.

두 육교 아래의 지세는 점점 더 평평하다. 두 개의 오래된 황색의 2층 건물이 있는데, 다갈색 니스를 바른 창살이 있으며, L자형 공터를 두르고 있다. 몇 구루 큰 나무 아래에는 낡은 트럭이 정차되어 있다. 땅 위에는

108

뭔지 모를 물건이 한 무더기 쌓여있는데, 위에는 어디서나 살 수 있는 올리브 기름을 칠한 군용 도포가 덮여있다. 이곳은 시간과 공간이 아직 모두 그다지 가치가 없는, 시간이 깊이 잠들어 있던 3, 40년대 같다.

산 위, 산 아래, 육교 아래, 이 세 곳의 경계는 분명해서 세 개의 다른 세계가 나란히 걸려있는 것 같다. 마치 고고학자가 발굴해 낸 시간의 단층처럼 느껴진다. 상층은 고대, 중, 하층도 시간 순으로 연결되어 있는데, 그 또한 현대에서 몇 십년은 거슬러 올라간다.

더 아래로 내려다보면 이제 큰 거리인데, 아주 넓은 아스팔트 거리다. 양옆의 점포들은 모두 네모반듯하거나 낮은 건물이어서 비율이 아주 안 맞고 이상하게 느껴진다. 마치 도로 양옆은 주저앉고 높이 솟은 무덤이 있는 황토 옛길 같다. 또한 한쪽에는 메마른 하수도가 있어 까닭 없이 황량하고 퇴락한 느낌을 준다.

건물들은 가구점, 커튼가게, 창문가게, 장난감가게, 벽돌가게, 욕조가게 등이 있다. 확실히 이곳은 소위 「宿所城」, 「臥室社區」라고 할 수 있다. 왜 그런 말들을 하냐하면, 시내의 치안이 너무 안 좋아서 아이들을 데리고 이곳으로 온 많은 이들은 새로운 집을 짓고 꾸밀 수밖에 없었는데, 매일 장거리 운전을 해서 시내에 가서 일을 하고 돌아와서는 잠만 잔다. 혹은 「느리게 성장하기」와 같은 환경운동으로 인해 개발이 더디게 이루어지는 건지도 모르겠다. 가게 앞이 모두 칙칙하고 보수적인 검은 바탕에 금색 글자의 간판이 걸린 것이 모두 오래된 가게 같다. 하나같이 손님이 없어 한적하고 도로에는 사람이 아예 없다. 가끔 뚱뚱한 여점원이 가게에서 나와 패스트푸드와 음료를 사서 두 손으로 들고 들어간다. 대낮인데도 야간 통행금지에 걸릴까봐 살금살금 몰래 한 차례 다녀오는 것 같았다.

그야말로 텅 빈 도시다. 오직 쌩쌩 거리며 거리 위를 오가는 차들 뿐 버스는 없다. 정류장 표지판 아래에는 긴 의자가 있는데, 의자 뒤쪽의 녹색 판에 분필로 큰 글씨가 적혀있다.

Wee and Dee
1988-?

(「魏와狄, 一九八八至-?」) 영어에 여자아이 이름 중에 狄가 있긴 하다. 하지만 여기의 「狄」과 魏, 혹은 衛를 병렬시키는 것은 분명히 중국인의 성이다. 이 심심하고 무료한 때에 갑자기 중국인의 필적을 발견하니 특히나 눈이 간다. 중국어 표준어의 「魏」 혹은 「衛」의 표기법과 이곳의 글씨는 약간 다른데, 아마 분명히 화교일 것이다. 화교 이름의 병음은 때로 아주 특별한데 민월(閩粤)방언을 따르고 있다. 狄은 아마도 戴일 것이고, 魏 혹은 衛 또한 아마도 좀 더 보편적으로 쓰는 다른 성이거나 완전히 예상 밖의 어떤 것일 것이다. 듣자니 동남아시아 난민들이 이 산골짜기에 아주 많이 거주한다고 하는데, 왜 이처럼 방세가 비싼 곳

110

을 선택했는지 모르겠다. 물론 난민도 등급이 있겠지만, 버스의 승객은 대개 돈이 없는 이들일 것이다.

담과 전선주 등의 곳곳에 글씨가 쓰여 있다. 「데니는 데이빗을 사랑한다(但尼愛黛碧)」, 「애디와 수리(埃迪與秀麗)」 두 이름 바깥쪽에는 하트가 그려져 있다. 곳곳에 쓰여 있는 글자들은 모두 남자아이가 쓴 것이다. 심지어 중국에서 자고로 이어지는 「누구누구가 왔다감」과 이차 세계대전 때 해외에 파병된 모든 미국병사가 즐겨 쓴 「길로이가 여기에 왔었다(Gilroy was here)」도 있다. 그 또한 모두 남성의 필체다. 여기 이 긴 의자에 글자를 남긴 이도 만약에 성이 魏라면 분명히 魏선생일 것이다.

「魏와戴」는 분명히 하트 그림 속에 써 있는 「埃迪與秀麗」와 동일한 격식이다. 그런데 사실 동방인들은 비교적 고지식하고 부끄러움을 타서 마음을 그렇게 표현하지 않는다. 동방인, 특히 중국인이 그렇게 쓰는 것은 한 번도 본 적이 없다. 아마도 계속 도로의 한쪽만을 보며 버스를 기다리는 게 정말 지루했던 것 같다. 버스가 올까 이리저리 두리번거리는데 버스가 한쪽으로 기울면서 한명의 승객을 보지 못하고 날 듯이 빠르게 지나간다. 비록 평소에는 둔하고 느린 뚱보도 때로는 놀랄 정도로 민첩하게 행동한다. 산성의 풍경이 아름답다지만 오래보면 단조로운 데다가 거기에 타향특유의 감상이 더해진다. 게다가 일자리에 늦을까 걱정하니 시간이 흐를수록 초조해지고 오랫동안 버스를 기다리다보니 시간의 중압감을 느끼게 될 것이다. 다른 건 하나도 눈에 들어오지 않고

111
一九八八-?

들리지도 않게 되면서 울적함이 극도에 이르게 되니, 영어 보습반의 칠판에서 집어온 분필을 주머니에서 꺼내어 그 심사를 표현하게 되었을 것이다.

Wee and Dee
1988~?

묘비 위에 씌여진 「헨리 베이컨, 1923~1979」은 씁쓸함을 띠고 있다. 난세속의 남녀, 타향에서 고향사람을 해후한다. 장래가 어떨지 알 수 있을까? 각자의 형편을 살펴야 할 것이다.

일반적으로 사람들은 피차 간 영문이름을 사용하여 호칭한다. 이름이 아니고 성을 사용한다. 그것이 비교적 담담하고 객관적이다. 아마도 이름은 너무 「데니는 데이빗을 사랑한다」식이거나 하트 그림 속의 「애나와 수리」 등이 되기 때문에 너무 적나라한 자아표현이 된다. 마치 머리는 숨기고 꼬리를 드러내는 형국 같다. 하지만 이름을 쓰고도 들키지 않을 수도 있다. 화인(華人)의 성은 한번 보면 그가 누구인지 알 수 있겠지만 동향의 농담은 개의치 않는다! 이 작은 외곽도시는 크기도 작고 동향인도 아주 많다. 하지만 그는 그 시간 아무것도 개의치 않았다. 한 줄의 예리한 고뇌가 얼떨결에 빠르게 사라진다. 하나의 작은 칼이 거리 풍경의 3층 케이크를 재단하고 절단하지 않은 면으로 들어간다. 아주 건조한 이 큰 케이크의 상층은 여전히 예전 스페인 사람이 처음 발견한 옅은 남색의 하늘과 짙은 황색의 청산이고, 중층에는 두 개의 고속도로가 육교위에 설치되어 있으며, 하층은 또한 몇십 년 전으로 거슬러 올라간 풍경이다. 3대 동당(三代同堂)이라, 각자는 서로에게 폐를 끼치지 않고 서로 마주본다. 이 3개의 광활한 세로 구조는 은막을 놀라게 할 무성 칼라 여행물인데 어떤 녹음도 없다. 한 박람회장의 한쪽에서 소리 없이 상영되고 있다. 보는 사람은 없다.

번역 *이종철*

『張看』附記

　　이상의 졸작 두 편이 최근에 계속하여 출토 되었다. 그것을 아직 보지 못한 독자들이 조금 있기 때문에 이 문집에 응당 수록되어야 한다고 생각한다. 하지만 그 전에 이미 인쇄가 되었으니, 부득이하게도 그 뒤에 추가되어 존재하게 되었다. 본래는 시간 순으로 차례대로 배열했는데 상황이 이렇게 되어 질서가 없이 난잡해졌다. 다행히도 원래가 이것저것 모은 잡문집이다.

　　또한 「나의 천재꿈」은 『서풍』 잡지가 주최한 공모전에서 13번째 명예로운 상으로 뽑혔다. 그 공모는 글자 수를 제한했기 때문에 이 작품은 글자 수를 극도로 줄여서 쓰게 되었고, 겨우 겨우 그 수량을 맞출 수 있었다. 그러나 1등 당선작은 글자 수가 몇 배나 많았다. 내 시시콜콜하게 몇 십년 후에도 여전히 그 수량을 계산해서 비교하는 것은 아니다. 그저 그것이 이 작품의 내용과 글의 신빙성에 영향을 주었기 때문에 어쩔 수 없이 한마디 해봤다.

번역 공영은

114

호적선생을 추억하며 憶胡適之

1954년 가을, 나는 홍콩에서 작품 『앙가(秧歌)』를 호적선생께 보냈다. 그때 짧은 편지를 한통 첨부했는데, 편지의 원고는 남아있지 않다. 내용은 대략 그 책이 호적선생이 예전 『해상화(海上花)』[1]를 두고 자연에 가깝다 라고 평했던 것처럼 될 수 있기를 바란다고 했던 것 같다. 답장을 받았고 줄곧 잘 보관하고 있었는데 그 즈음 자주 이사를 다니다 보니 어딘가에서 잃어버렸다. 다행히도 친구가 그 편지를 베껴 쓴 적이 있고 아직 보관하고 있었다.

> 애령여사
>
> 11월 5일 보내준 당신의 편지와 소설 『앙가』 고마워요. 오랫동안 편지

---

[1] 1894년 한방경(韓邦慶)이 소주어로 쓴 소설. 청조 말기 상하이의 한 유곽을 배경으로 고급 기녀들과 그녀 주변의 남자들의 이야기를 담고 있다.

를 보내지 못한 것을 이해해주세요.

당신의 작품 『앙가』를 자세히 두 번 읽었어요. 문학적 가치가 아주 뛰어난 작품을 읽게 되어 아주 기쁘네요. 당신이 말한 "조금 평담하면서 자연에 가까운 경계", 내가 보기엔 당신은 이쪽 방면에 이미 아주 성공적인 위치에 도달했어요! 이 소설은 처음부터 끝까지 「飢餓」에 대해 쓰고 있군요. 아마도 당신은 굶주림으로 책 제목을 정해야겠다고 생각한 적이 있는 것 같네요. 아주 잘 썼어요. 진실로 "평담하면서 자연에 가깝다"의 실력이 있어요.

소설에서 월향이 집으로 돌아온 후의 첫 끼니인 「된 죽」은 아주 감동적이었어요. 나중에 도시에서 온 또 한명의 굶주림을 참지 못하는 고선생이 사람을 배신하고 음식을 훔쳐먹고 또 물건을 훔치는 장면을 묘사한 것은 정말 감탄스러웠지요. 내가 제일 감탄한 것은 그가 집을 나선 후 계란껍질과 대추씨를 버리는 대목과 「여태껏 소마병을 먹을 때 우걱우걱 먹으며 그렇게 심하게 소리가 날 줄 몰랐다」라고 쓴 부분이에요.

그 몇 단락은 아마도 쉽게 이해할 수 있을 거에요. 그 뒷부분에 아소(阿招)가 맞는 대목은 제 생각엔 독자들이 한번 보고 이해할 것 같지 않네요.

당신이 묘사한 인정(人情)도 아주 정밀하고 「평담하면서 자연에 가깝다」의 경지에 다다를 수 있을 거에요. 131~132페이지의 그 솜이불, 175~189의 솜저고리는 모두 성공적이에요. 189의 솜저고리 대목은 정말 좋아서 감동받았어요.

「평담하면서 자연에 가깝다」의 경지는 일반 독자들이 느끼기엔 아주 어렵지요. 『해상화』가 오랫동안 묻혀있는 것이 좋은 예지요. 이 책을 출판한 후 어떤 평론이 있었는지 정말 궁금하네요.

당신의 이 영문본, 앞으로 꼭 각별히 보관할 겁니다.

중문본을 두세 권 더 보내줄 수 있는지요. 친구들에게 좀 소개하려 합니다.

책 중에서 160P의 「그의 아버지는 올해 80이고 나도 81이 되었다」와 205P의 「68세다」는 서로 차이가 너무 커서 작은 착오가 있나 봅니다. 76P의 「이불 속에서 촛불을 붙였다」는 생략할 수 있을 것 같네요.

이상의 말은 문예를 창작해보지 못한 자의 쉰소리에요. 비웃지는 마세요. 지난 10월 당신이 편지에서 「아주 오래전에 저는 선생님이 쓴 『성세인연(醒世姻緣)』2과 『해상화(海上花)』에 대한 해설이 아주 인상 깊어서 나중에 그 2권을 찾아 읽었고 근래 들어 몇 번을 읽었는지 모릅니다. 스스로 많은 것을 얻었습니다」라고 썼지요. 나는 그 말을 읽고, 또 당신의 소설을 읽고 정말 기뻤습니다. 만약에 두 소설을 언급한 효과가 당신의 『앙가』가 탄생되는데 기여했다면, 정말 뿌듯하네요.

이 소설 전에 어떤 작품을 썼는지요? 기회가 된다면 꼭 읽어보고 싶네요.

그럼 이만
평안하길

호적 드림
1955. 1. 15

●●●●

2 청나라 장회소설. 2대에 걸친 두 쌍의 남녀 이야기. 작가에 대해서는 다른 설이 있지만 호적이 『요재지이』의 작가 포송령이라 고증함.

호적선생이 편지에 동그라미를 더한 것에는 두 가지 용도가 있는 것 같다. 때로는 좋은 문장에 동그라미를 더했고, 때로는 어기를 가중시킨 것이다. 마치 서양문자 아래에 굵은 직선을 더한 것 같다. 진한 직선을 더하는 것을 말하자면, 20, 30년대의 표점(標點)을 들 수 있다. 그 시작은 모두 인명, 지명의 좌측에 직선을 그었고 이목을 끌었다. 나중에 왜 없앴는지 모르겠는데 늘 그게 아쉽다. 그것은 또한 다른 나라 문자를 크게 쓰는 것과도 다르다. 이 편지에는 여전히 예전 식으로 서명의 좌측에 곡선을 표시했다. 나중에는 인용부호를 통용했는데, 호적선생도 인용부호를 사용했다가 나중에 또 잊어버리고 여전히 곡선을 썼다. 내가 보기엔 5,4 시기의 흔적 같다. 비유하자면「결국 어찌하지 못하고 계속 머뭇거리며 차마 떠나지 못한다」같은 것이리라. 나의 두 번째 편지의 초고도 그 친구가 보관하고 있어 아직 볼 수 있다.

호적선생께

선생님의 편지를 받고 정말 기뻤고 아주 큰 영광입니다. 가장 감사드리고 싶은 것은 『앙가』를 그토록 자세히 봐주셨다는 점입니다. 선생님이 지적해주신 76페이지의 서사명의 지난일은 생략할 수 있다고 한 것은 확실히 생략해야겠습니다. 그 장 전체는 억지로 짜낸 것입니다. 그것이 왜 첨부되었는가를 말하자면 그 이유가 아주 복잡합니다. 애초에 『앙가』의 이야기가 너무 평범해서 우리나라 독자들─ 특히 동남아 독자들─의 입맛에 안 맞는다고 생각했고, 그래서 노력을 해서 영문으로 그것을 썼습니다. 저에게는 두 배로 힘든 일이었는데, 이전에는 한 번도 영문으로 작품을 써본 적이 없었기 때문에 고통스러웠지요. 다 쓴 후의 양은 지금의 3분의 2정도 였지요. 대리인에게 부치는데, 너무 짧은 것 같고, 이렇게 짧은 자연소설을 아무도 출판할 것 같지 않아 1, 2장을 더한 것입니다(원문은 제 3장 월향이 귀향한 것에서 시작하는 것이었습니다) 서왕(敍王) 동지의 과거에 대해 1장, 돼지를 잡는 것에 대해 1장을 더했지요. 마지막에 1장 뒤에 보충을 했고 중문으로 옮길 때 시간이 없어 더한 것입니다.

160페이지에서 譚아주머니를 81세로 칭하고 205페이지에 그녀가 68세로 말한 것은 그녀가 병사에게 이별을 말할 때 신소리를 하는 것인데, 예컨대 걸인을 부를 때 늘 「집에 80세의 할미가 있다」고 말하는 것과 같은 것입니다. 책에서 분명히 설명을 해야겠네요.

선생께서 『앙가』에 대한 비평계의 반응을 물으셨는데, 2편의 평론이 있었습니다. 하지만 모두 반공의 측면에서 착안을 했지 이야기 자체에 대해서는 주목하지 않았습니다.

『앙가』 다섯 권을 보냅니다. 원래 다른 작품은 보내려 하지 않았는데, 작품이 별로여서입니다. 겸손이 아니라 정말 나쁩니다. 하지만 선생님께서 물으셨기에 이번에 함께 보냅니다. 편하실 때 한번 보시고 아니라 여기시면 버리세요. 소설집 한권은 10년 전에 쓴 것으로 작년에 홍콩에서 재판으로 나온 것입니다. 산문집 『유언(流言)』도 예전에 쓴 것인데, 상해를 떠날 때 너무 황망해서 한권도 가져가지 못했습니다. 이것은 홍콩에서 나온 해적판인데, 인쇄가 조악합니다. 그리고 『적지지련(赤地之戀)』은 『앙가』 이후에 쓴 것입니다. 동남아 일반 독자들의 흥미를 고려해야 했기에 스스로 불만스럽습니다. 판매량은 『앙가』처럼 그리 비참하진 않

호적선생을 추억하며 憶胡適之

지만, 볼품없습니다. 저는 세상과 영합하면 종종 이렇게 된다는 것을 새삼 깨달았습니다.

『성세인연』과 『해상화』, 하나는 진하고 하나는 담백하지만 둘 모두 가장 훌륭한 사실적 작품입니다. 저는 늘 그들을 대신해 불평을 하는데, 그것은 마땅히 세계적인 명저입니다. 『해상화』 역시 결점이 없는 것이 아니지만, 『홍루몽』이 미완성이고 완벽하지 않은 것과 마찬가지입니다. 결점의 성질은 다르지만, 어찌되었든 모두 완정한 작품입니다. 저는 줄곧 하나의 목표가 있는데, 장래에 『해상화』와 『경세인연』을 영어로 번역하는 것입니다. 그 안의 대화의 어감은 번역하기에 무척 어렵지만 절대 불가능한 것은 아닙니다. 저는 본래 선생께서 내가 너무 쉽게 생각하고 원저를 망치는 게 아닐까 걱정하실까봐 여기서 말씀드리려고 하지 않았지만, 전 그저 그러한 꿈을 가지고 있고 또한 여러 작품을 쓰려고 합니다. 만약 어느 날 진짜로 실행하게 된다면 반드시 먼저 절반을 번역해 괜찮은지 아닌지 선생님께 보여드리겠습니다.

행복하시길

장애령

그해 11월, 내가 뉴욕에 도착한지 오래지 않아, 친구 염앵과 함께 호적선생을 보러 갔다. 거리에는 백색의 시멘트로 지어진 집들이 늘어서 있었는데, 문 앞에는 계단이 있었고 완전히 홍콩식 아파트였다. 그날 오

후 태양을 쬐고 있자니, 약간 황망한 것이 흡사 홍콩에 있는 것만 같았
다. 건물에 들어서니 실내 인테리어도 눈에 익숙했다. 호적선생은 긴 장
포를 입고 계셨고, 그의 부인은 안휘 억양을 띠고 있는데 듣기에 익숙했
다. 그녀는 단아하고 동그란 얼굴을 하고 있었고, 두 손을 모은 채 서
있었다. 그 몸짓이 약간 생경했다. 나는 그녀가 어떤 부분에 있어서는
호적선생의 영원한 학생이라는 생각을 했고, 곧바로 그들은 구식결혼에
서 보기 드문 행복한 예라는 것을 읽은 것이 생각났다. 그들은 모두 염
앵을 좋아했고 어디 사람이냐고 물었다. 염앵은 국어로 대답했지만, 상
해를 떠난 지 오래되어서 인지 그렇게 잘 말하진 못했다.

유리잔에 탄 녹차를 마시고 있다니 어떤 시공간이 교차되고 있다는
느낌이 더욱 짙어졌다. 내가 읽은 『호적문존(胡適文存)』은 아빠 방의
창가 아래 서가에서였는데 볼품없는 책들과 함께 있었다. 그의 『헐포조
(歇浦潮)』, 『인심대변(人心大變)』, 『해외빈분록(海外繽紛錄)』은 한권
한권 빼다가 읽었는데 『호적문존』은 서가 앞에 앉아서 읽었다. 『해상화』
는 아빠가 호적의 해설을 보고 사온 것 같다. 『성세인연』은 예외적으로
내가 4원을 주고 사왔다. 책을 사가지고 왔는데 내 동생이 빼앗아가서
는 놓지 않았다. 나는 순간 감격해서 그에게 먼저 1, 2권을 보라고 하고
나는 3권부터 읽기 시작했다. 이미 해설을 읽은 터라 대강의 내용은 좀
알고 있었다. 몇 년 뒤 홍콩의 전쟁 시기에 방공원(防空員)을 하면서 풍
산(馮山)도서관에 머문 적이 있었다. 그때 『성세인연』 한질을 발견했는

호적선생을 추억하며 憶胡適之

데 즉시 그 위치를 찾아가 몇일 간 고개도 들지 않고 읽어나갔다. 옥상에 곡사포가 장치되어 있어 적의 조준물이 되었고 한발 한발의 폭탄이 떨어지기 시작했다. 점점 근처까지 왔는데, 나는 그저 최소한 내가 이 책을 다 읽을 때까지만 버텨라 라고 생각했다.

내 고모는 가끔 아빠에게 책을 빌려서 보았다. 나중에 남매가 싸워서 서로 왕래하지 않게 됐는데, 아빠가 한번은 언짢은 웃음을 지으며 중얼거렸다. "네 고모가 책 두 권을 아직 가져오지 않았어." 고모도 한번은 조금 미안한 듯 말했다. "이 『호적문존』은 너희 아빠거야." 또한 독일에서 출판된 『성녀정덕(聖女貞德)』이 있었는데, 고모는 그 미색의 양장본을 아주 좋아했다. "그가 산 이 책은 아주 좋아." 고모와 엄마는 호적선생과 포커를 친 적이 있다. 전쟁이 끝난 후 신문에 호적선생의 귀국사진이 실렸다. 비행기에서 내렸는지 배에서 내렸는지는 기억이 나지 않는다. 얼굴엔 미소가 만연했는데 웃는 것이 마치 고양이 얼굴을 한 소년 같았다. 큼직한 나비넥타이를 매고 있었다. 고모는 그 사진을 보며 웃으며 말했다. "호적이 이렇게 젊다니!"

그날 염앵과 호적선생을 만나고 난 뒤 염앵은 여기저기 알아보고 나서는 나에게 말했다. "얘, 니 그 호박사말이야 아는 사람이 별로 없던데. 임어당보다 유명하지 않은 거 같애." 나는 외국인이 현대중국을 이해하지 못하는 것은 왕왕 5,4 운동의 영향을 이해하지 못해서라는 것을 누차 발견했다. 5,4 운동은 대내적인 것이었고 대외적인 것은 오직 수입에 국한되었기 때문이다. 내가 보기에 우리 세대와 윗세대 뿐만 아니라 대륙의 후배세대들까지도 비록 호적을 반대하고 있지만 수많은 청년들이 이미 무엇을 반대하는지 모르는 것 같다. 내 생각엔 오직 심리학자 융이 말하는 소위 민족기억 같은 것만 있다면 5,4 운동과 같은 경험은 잊을 수 없는 것이다. 즉 오랫동안 매몰되어 있다고 해도 사상의 배경에 남아있는 것이다. 융과 프로이드는 모두 유명하다. 어쩔 수 없이 프로이드가 연구한, 즉 모세는 이스라엘 사람에 의해 죽었다는 것이 연상되었다. 사건 후 그들은 스스로 말하기를 꺼려했지만 오랜 시간이 지나도 여전히 그를 신봉한다.

나는 후에 또 한번 호적선생을 찾아갔다. 서재에 앉았는데 한쪽 벽면이 모두 책꽂이였다. 아주 간결했는데 아마 맞춘 것 같았다. 높이가 거의 천장에 닿았지만 책은 꽂혀있지 않았고 모두 층층히 쌓은 서류철들이었다. 다수가 어지럽게 종이가 삐져나와 있었다. 정리한다면 많은 시간이 필요할 것 같았는데 보고 있지나 아득했다.

호적선생과의 대화는 정말 천지신명을 대하는 것 같았다. 좀 더 구체적으로 말하자면, 뭔가를 쓰다가 창밖의 텅 빈 하늘을 바라보며 진실에 가까운 것만을 생각하는 것 같다. 호적선생은 대륙에 대해 이야기 하기 시작했다. "순수한 군사정복이지" 나는 고개를 숙이며 대답하지 않았다. 왜냐하면 천구백삼십 몇 년부터 책을 보면서 좌파의 압력을 느끼기 시작했다. 비록 본능적인 반감이 일었고 모든 것이 유행 같은 것이었지만

123

호적선생을 추억하며 憶胡適之

나는 영원히 바깥에 있었다. 하지만 그것의 영향은 서양의 좌파가 1930
년대에 국한됐던 것에 그치지 않았다는 것을 안다. 내가 침묵하자 호적
선생은 곧 얼굴이 어두워지면서 화제를 바꿨다. 나는 내가 너무 말을
못해서 마음이 어두웠던 것만을 기억한다. 그는 또 말했다. "책을 보려
면 컬럼비아도서관에 가 봐요. 그곳에 책이 아주 많아" 나는 까닭 없이
웃었다. 그 시절 나는 시립도서관에 가서 책을 빌렸는데, 큰 도서관에
가는 것에 아직 익숙하지 않았다. 관광은 더 말할 것 없었다. 호적선생
은 그런 나를 한번 보고는 바로 또 화제를 바꿨다.

그는 그의 아버지와 내 할아버지가 서로 알았다는 말을 했는데, 아마
도 내 할아버지가 뭔가 조금 도움을 준 것 같았다. 나는 그런 작은 사건
조차 기억하지 못했는데 그게 너무 황당했다. 그 원인은 우리집안은 여
태껏 할아버지 이야기를 하지 않았던 탓이다. 가끔 아버지가 손님들과
「우리 노인네」가 어떻네 하는 이야기를 들었는데, 늘 수많은 사람들이
언급되었다. 당시의 정국에 대해 알지 못했기에 몇 마디 듣지도 못하고
더 이상 귀를 기울이지 않았다. 나는 『孽海花』를 보고서야 흥미가 생겼
고 아빠에게 물었는데 완전히 부정하셨다. 나중에 또다시 아빠와 친척
이 고담준론을 나누는 것을 들었다.

며칠이 지나서 다시 할아버지의 일들에 대해 물었다. 아빠는 성을 내
면서 말했다. "할아버지 문집 안에 다 있어. 직접 가서 보면 되잖아!" 나
는 서재에 가서 선생님께 좀 찾아달라고 부탁했고 부엌에 가지고 가서

124

혼자서 읽었다. 전고(典故)도 많고 인명도 무수했다. 서신은 또한 모두 일상이야기였다. 몇 질의 선장서는 보기에 머리가 어질했고 또한 그 막후의 이야기도 알아낼 수 없었다. 집안 가문 자랑하는 것 같아서 선생님에게 물어보기도 창피했다.

할아버지가 돌아가셨을 때 고모는 아직 어려서 아무것도 몰랐다. 희미하게 웃으며 물었다. "왜 갑자기 그걸 묻는 건대? " 아이와 그런 것을 이야기하는 것은 맞지 않았을 것이다. 나는 몇 차례 벽에 부딪힌 후 심리적 혼란감을 키웠던 것 같다. 할아버지의 야사(野史)를 접하자마자 즉시 그것을 기억했다. 정사에 관한 것은 전혀 아무런 인상이 없었다.

호적선생도 얼마 전에 책 좌판에서 내 할아버지의 전집을 본 적이 있었고 사지는 않았다고 말했다. 또한 지금 『외교(外交)』라는 잡지에 글을 쓰고 있다고 말했는데 약간 부끄러운 듯 웃으면서 말했다. "여기는 다 고쳐야 되요" 나중에 그것이 『외교』에 실렸는지 과호 목록을 보려고 했는데 일이 바빠서 찾아보지 않았다.

추수감사절날에 나는 염앵과 미국 여인의 집에 가서 밥을 먹었다. 사람이 많았고 구운 오리를 어두워질 때까지 먹었다. 돌아오는 길에는 거리마다 나무에 불을 밝혔는데 날씨가 무척 추웠다. 짙은 회색의 거리는 아주 깨끗했고 네온사인도 아주 빛나고 귀여운 것이 완전히 상해와 꼭 같았다. 나는 너무나 즐거웠다 하지만 감기에 걸려서는 돌아가서는 구토를 했다. 공교롭게도 호적선생이 전화를 걸어서 그들과 함께 중국요

125

호적선생을 추억하며 憶胡適之

리를 먹으러 가자고 했다. 나는 방금 먹었고 돌아와서 토했다고 말했고, 그럼 됐다고 말했다. 원래 추수감사절에 나 혼자 외로울까봐 했을 텐데 사실 내가 무슨 추수감사절을 보내겠는가.

염앵이 아는 사람이 한 직업여자숙소에 머무른 적이 있다. 나도 그곳으로 이사가서 지냈다. 구세군이 세운 것인데 구세군이란 구제빈민(救濟貧民)에서 이름을 딴 것이다. 누구든 들으면 웃을 것인데, 그곳에 묵는 여자애들도 그 얘기를 하면 모두 웃었다. 비록 나이의 제한이 있었지만 몇 분의 뚱뚱한 아주머니도 있었다. 아마 교회에 관계가 있을 텐데 마지막까지 있으려고 하는 것 같았다. 숙소를 관리하는 여자는 모두 중위, 소령으로 불렀다. 식당에서 커피를 따르는 이는 보워리(The Bowery)에서 술 취해 넘어진 유랑자였다. 그녀들은 잠시 수용되었고 모두 술꾼이었다. 조금 나이든 이도 있었는데 파란 눈이었고 맥없이 커피화로에 기대어 서 있었다.

하루는 호적선생이 나를 보러 왔다. 그를 객실로 안내했는데 객실 안은 텅 비어 있었다. 학교 예배당 만큼이나 컸다. 강단이 있었고 강단 위에는 피아노가 있었다. 강단 아래에는 크고 오래된 구식 소파가 놓여있었다. 아무도 없었다. 간사들은 매일 가서 밀크티를 마시라고 했지만 누구도 가려하지 않았다. 나도 처음으로 들어간 터였다. 어쩔 수 없이 웃음을 지어보였다. 하지만 호적선생은 이곳이 아주 좋다고 칭찬을 했다. 나는 마음속으로 아무래도 우리 중국인들은 교양과 겸손이 있다고 생각했다. 잠깐 앉아있으면서 선생은 사방을 둘러보면서 여전히 연신 좋다고 말했는데 빈말은 아닌 것 같았다. 아마도 내가 허영심이 없다고 여긴 것 같다.

나는 대문 밖까지 배웅을 갔는데 계단에 서서 이야기를 나누었다. 날씨가 추웠고 바람이 거셌다. 거리 너머에 있는 허드슨강에서 바람이 불어왔다. 호적선생은 거리 초입에 보이는 희미하고 회색빛이 감도는 강을 바라보고 있었다. 강에는 안개가 뿌옇게 서려 있었다. 왠지 모르게 빙그레 웃으며 계속 바라보다가 시선을 거두었다. 그는 목도리를 단단히 두르고 있었고 오래된 검은 외투를 입고 있었는데 크고 튼튼해 보였다. 얼굴은 상당히 컸다. 전체적으로 동(銅)으로 된 반신상 같은 느낌이었다. 나는 갑자기 사람들이 말하는 모양이 바로 저런 거구나 싶었다. 그리고 나는 예전부터 무릇 우상(偶像)이란 모두 「黏土脚」이 있다고 여겼다. 그렇지 않으면 서 있을 수 없고 믿을 수 없다고 생각하고 있었다. 나는 외투를 입고 있지 않았다. 실내의 온기가 너무 더워서 그냥 여름 원피스만을 입고 있었다. 그런데 이상하게 조금도 춥지 않았고 오래 서 있었는데도 바람이 밋밋하다고 느꼈다. 나도 강물이 흐르는 것을 보면서 미소 짓고 있었다. 그런데 마치 슬픈 바람이 십만 팔천리 밖에서 시대의 심원으로부터 불어오는 것만 같았다. 눈을 뜨고 있을 수가 없었다. 그것이 내가 마지막으로 호적선생을 본 날이었다.

나는 2월달에 뉴잉글랜드로 이사 갔고 몇 년간 호적선생과 연락하지

127

호적선생을 추억하며 憶胡適之

않았다. 1958년 나는 남가좌주 헌팅턴 하트포트 기금회에 가서 반년 간 살았다. 그것은 AP마트 뒤에 세워진 문예창작 공간이었는데 해변과 산이 있는 아름답고 매력적인 곳이었다. 재작년에 문을 닫았는데 신문에서는 50만 달러에 팔렸다고 했다. 나는 호적선생에게 편지를 써서 담보를 좀 서 달라고 했고 선생이 그렇게 해주었다. 또한 내가 3, 4년 전에 보내드린 『앙가』를 다시 돌려주셨다. 책 전체에 선생이 써주신 지적과 참고사항이 있었고 표지에는 사인도 있었다. 나는 그것을 보고 깜짝 놀랐고 너무 감격해서 말이 나오지 않았고 뭐라 답할지도 몰랐다.

짧은 감사의 편지를 보냈다. 그 뒤 호적선생의 별세소식을 언제 접했는지 기억이 나지 않는다. 한참 뒤에 별세소식을 듣고 망연해 졌다. 원래 이미 역사상의 인물이었기 때문일까. 나는 당시 그저 그런 생각을 했다. 연회에서 강연 후 갑자기 돌아가셨다는데 평소 어떤 병도 없었다고 하니 정말 복이 있는 사람이다. 그의 인품으로 봐서 그것은 당연한 것이었다.

작년 내가 『해상화』를 번역하려고 했다. 몇 년 전이었다면 호적선생께 소개를 부탁할 수도 있었고 아마 그도 기뻐했을 것이다. 하지만 지금은 이미 선생이 이 세상에 없다. 늘 그를 생각하면 눈이 뜨거워지고 눈물도 나오지 않는다. 만약 지금 이 책을 번역할 기회가 없었다면 이런 글을 쓸 필요가 없었을 것이다. 황급함과 두려움이 너무 크고 생각하기 싫기 때문이다.

『해상화』를 번역하는 가장 분명한 이유는 오방언(吳語)의 장애를 뛰어넘고 싶어서인 것 같다. 사실 오방언의 대화가 독자들이 이 작품을 읽지 않는 가장 큰 이유는 결코 아닐 것이다. 동아(東亞)판에는 몇 페이지의 사전이 부록으로 있었는데, 내가 처음 이 소설을 접했을 때 상해말을 하나도 이해하지 못했으니 힘들 것도 없었다. 그러나 1935년 동아(東亞)판도 1894년도 판과 같이 절판되었다. 아마도 재미와 관련된 듯 하다. 전기화(傳記化)가 너무 부족하고 감성적이지가 않다. 영미독자들도 그들의 취향이 있다. 하지만 그들의 비평가의 영향력은 비교적 크다. 독서인구도 많아서 식자를 만나기가 쉽다. 19세기 영국작가 조지 바로우(George Borrow)의 소설은 아는 이들이 많지 않다. 나도 읽지 못했다. 그러나 오늘날 미국에서는 조지 바로우의 팬을 자처하는 이들이 많다.

만약 그들에게 중국의 과거에 소설의 성취가 회화나 도자기에 뒤지지 않는다는 것을 알려주면 누구나 다 못 믿겠다는 눈치를 드러낼 것이다. 만약 중국시를 말한다면 좀처럼 그 높이와 깊이를 헤아릴 수 없다. 누군가 시는 번역할 수 없는 것이라고 한다. 소설로는 『홍루몽』만을 대표작으로 보는데, 진정한 민간문학성분이 좀 부족하다. 그들은 『홍루몽』의 이야기 윤곽만 본다. 대부분 고매하다. 대가정의 삼각연애도 너무 평범하다. 그것에 합당한 국제지위를 주려면 그것을 결여된 예술품으로 봐야 한다. 後 40회를 버리고 원작 결말의 고증을 더할 수 있을 것이다. 나는 12. 3세 때 처음 홍루몽을 보았다. 석인본(石印本)이었다. 81회 「四

호적선생을 추억하며 憶胡適之

美釣遊魚」를 보면서 갑자기 암담해졌고 아무 흥미도 못 느꼈다. 거기서부터는 완전히 다른 세계였다. 가장 이상했던 것은 가보옥과 임대옥이 만나는 장면인데, 그들 스스로조차도 재미 없다고 느꼈을 정도였으니 말이다. 오래 뒤 나는 그것이 다른 사람이 이어서 쓴 것이라는 걸 알게 되었다. 작가의 불안함을 동정할 수 있었다. 그들의 태도가 왜 변했는지, 왜 그렇게 급히 그 장면의 대화를 끝맺었는지에 대한 이유를 좀 알게 되었다. 나중에 가보옥이 미친 것은 잘 한 것이다. 그 시절 나는 어떻게 해도 다른 사람이 쓴 거라고는 생각하지 못했고 차라리 그냥 앞부분으로 다시 가서 건너뛴 작시(作詩) 부분을 보는 것이 낫다고만 생각했다.

미국의 어떤 사람들은 『해상화』가 1894년에 출판된 것이라는 말을 들으면 하나같이 「그렇게 늦다니… 거의 신문에겠네!」라는 말을 하며 마치 골동품처럼 년도를 따진다. 『해상화』는 사실 구소설이 극단적으로 발전한 것으로 가장 전형적인 작품이다. 작가가 가장 자부하는 구조는 오히려 서방소설의 것과 같다. 특징은 극히 경제적이라는 것인데, 읽다 보면 마치 극본 같다. 대화와 소량의 동작만이 있다. 암사, 백묘, 대충 묘사하고 넘어가면서 흔적을 남기지 않는다. 일반인의 생활부분을 직조하는 것은 세밀하지 않고 촌스럽다. 많은 부분을 전혀 세밀하게 고려하지 않았다. 그리하여 비록 80년 전 상해 화류계를 소재를 취했음에도 결코 요염한 느낌이 없다. 내가 본 모든 책 중에서 가장 일상생활의 정취가 짙다.

호적선생의 해설에서는 이 책의 무제점이 중간부분에 있는 명사의 미인대회에 있다고 했다. 내가 보기에 작가는 단순히 그 스스로 자신 있어 하는 시문(詩文) 벌주령을 끼워놓기 위해서 그런 것이 아니라, 그도 아마 대관원(大觀院)과 비슷한 분위기를 나타내고자 했던 것 같다. 무릇 좋은 사회소설가-사회소설은 후에 흑막(黑幕)소설로 전락하였는데, novel of manners에 근거하여 마땅히 「생활방식소설」로 번역되어야 한다-각 계층의 어투와 행동 등의 미세한 차이를 체현할 수 있어야 하고 이 부분에 특히 민감해야 한다. 그래서 때로 계급관념이 아주 깊고 또한 약간 좀 계산적이다. 작가는 재물과 권세에 눈이 어두운 제운수와 제부(齊府)의 식객을 색다르게 보면서 곳곳마다 그들을 뛰어난 인물로 묘사하여 진실함을 떨어뜨렸다.

일을 관리하는 소찬이라는 인물은, 한 수의 국화시 뿐 아니라 시비(詩碑)와 같은 것을 끼워 넣기 위해 간접적으로 그의 집안의 부유한 풍류를 묘사했다. 그 외에는 단지 53회에서 제운수가 정원에서 우연히 소찬이 다른 이를 만나는 것을 목격했는데 누군지 분명치 않다는 것이 있다. 목차의 설명은 한 쌍의 연인이었는데, 그 뒤로는 진전이 없었다. 그저 그냥 넘어가면서 「소찬과 소청이 멀리 도망간다」라고 설명을 덧붙임으로 해서 제운수가 기녀 소관향의 여복 소청을 좋아한다는 것을 겨우 알게 되었다. 계집종들이 왔다 갔다 하는 데 그저 이름뿐이니 너무 간략하다는 인상이다. 작가는 숨기고 축약하는 방법을 쓰면서 누차 소제목을 이용하여 알려주었다. 적당히 함축하고 때로는 심하게 빼버렸는데, 이 부분이 유일한 실패의 예문이다. 내 번역본은 몇 회를 뺐는데, 이 장면은 살아있다. 원본의 줄거리에 근거해서 보충했다.

조이보와 같은 여자는 너무 많다. 탐욕 때문에 잘 나가다 추락한다. 또한 그녀는 전형적인 고급의 비극인물이다. 나약하고 겁 많은 왕련생은 심소홍에게 질투를 실컷 당해서 결국 그녀에게 놀아나고 내쳐진다. 그런데도 싸우려하지도 않고 그냥 다시 그녀에게로 돌아간다. 마지막에 뛰어난 붓으로 이 부분을 애정 파멸의 경계로 격상시킨다. 작가는 비록 세속적이지만 이러한 부분의 관점은 시대와 민족에 그치지 않고 완전히 현대적이고 세계적인 것으로, 이것은 구소설에서는 얻기 어려운 성취다.

하지만 자고로 간략함을 숭상했던 중국은 그와 같이 이러한 간략하지만 간단하지 않은 성취가 아직 없다. 중국은 서방소설의 전통과 공교롭게도 반대로 가고 있다. 그들은 본래부터 해설을 자세히 하는 것을 꺼리지 않았다. 많은 이들이 『해상화』를 하루 종일 들여다봐도 모호하고, 이름을 영문으로 바꾼 후에는 성별조차도 구분 못한다. 조금 익숙해졌다 싶으면 또 사람들이 바뀐다. 우리들의 「삼자경(三字經)」식의 이름은 그들이 몇 번을 봐도 금방 골치 아프고 눈이 아파오는 것이다. 우리 자신이 보는 것만 못할 텐 데 문자는 본래 시각적으로 색채가 있는 것이다. 그들은 또한 한 글자씩 떨어져있는 문장을 보는 것이 익숙하지 않아서 때로는 정말 김성탄식의 축자평점과 해석이 필요하다.

중국 독자들은 이미 이 작품을 두 번이나 포기했다. 그들은 받아들일 수 있을까. 나는 이 번역을 하면서 한편으로 마주하고 있는 문제들을 떨쳐내지 못하겠다. 또한 감각자(感覺者)인 호적선생이 계시지 않는다.

번역 유소완, 이종철

『張愛玲短篇小說集』自序

　　나는『傳奇』과『流言』두 종류의 책을 썼다. 예전에 누군가 홍콩에서 찍어낸 것이 있는데, 그것은 내 저작권을 침해하여 인쇄한 해적판 이었다. 이것들 외에도 또 두 권의 책을 봤다. 그 책의 저자의 이름과 내 이름은 똑같았다. 그것은 내게 매우 놀라운 일이었다. 내가 쓴 작품은 확실히 수량이 아주 적은데, 그런 일을 겪으니 참으로 참담하고 부끄러웠다.『전기』의 출판 후, 1974년에 또 몇 편의 새로운 작품을 더 써냈다. 그리고 나는 나의 모든 단편소설을 모두 수록하여『傳奇增訂本』을 펴냈다. 이번에 출판하는 것 역시 그 "중정본"에 근거하여 냈다. 그러나 도서명과 표지는 모두 바꾸었다.

　　그 내용은 내가 직접 살펴보았다. 사실 일부는 정말 조금 이상하다. 하지만 나는 항상 이 이야기들은 그 자체로 쓸 가치가 있는 것이라 여겼다. 다만 아쉬운 것은 잘 쓰지 못했다는 것이다. 이 속에 있는 이야기는 모종의 각도에서 보자면, 일종의 전기라고 할 수 있다. 사실 이런 류의 일들은 정말 많다. 나는 독자가 이 책을 보게 되었을 때, 자기가 아는 사람, 혹은 보거나 들은 적이 있는 일들을 연상할 수 있기를 희망한다. 『論語』인지 아닌지 기억나진 않지만 이런 두 마디 말이 있다 "만일 그 실정을 안다면, 애긍히 여길 것이며 기뻐하지 말아야 하느니라." 이 두 마디 말은 나에게 매우 깊은 인상을 주었다. 우리가 어떤 일의 속사정과 어떤 이의 마음 속 우여곡절을 이해하게 된다면, 우리 역시도 기뻐해서는 안 되며 그것을 슬프게 여겨야 한다.

번역 공영은

역자후기

꽃은 어디에서 피든지, 꽃이다

방민지

긴 목선을 드러내며 꼿꼿이 세운 척추, 세련된 옷으로 색을 입고, 감히 어떤 것이라 규정지을 수 없는 내면의 향기를 뿜어낸다. 그녀는 내게 꽃이다. 스스로를 독보적이라 여긴 그 꽃은, 실은 너무나 독단적이다. 화려한 도시에서 피었든, 무채색의 어두운 때를 만나 피었든, 꽃은 단지 씨앗에 담긴 자신을 나타낼 뿐이지만, 글이라는 그릇에 담겨진 그녀는 여전히 알쏭달쏭하다. 어쩔 수 없이 있는 그대로 담겨진 것인가, 어떤 의도로 그럴듯하게 담아낸 것인가. 어떠하든 간에 그녀는 독자들에게 어려운 수수께끼일 뿐 아니라, 날카로운 펜촉에서 흘러나오는 그 잉크는 알 수 없는 향을 풍기며, 알게 모르게 그러나 너무나 선명하게 스며들어 간다.

내가 만약 그녀가 만났던 그때 그곳의 사람이었다면, 그녀의 글을 더 잘 이해할 수 있었을까. 외국인들이 빨간 것과 새빨간 것, 붉은 것과 불그스름한 것, 발그레한 것과 발그스름한 것의 차이를 다 알 수 없듯, 그녀가 말하고자 하는 것을 내 지식 안에 끼워 맞춰 이해하고선 그녀를

137
역자후기

억울하게 만드는 것은 아닐까. 그렇지만 단지 표현의 문제, 사라진 단어에 대한 문제는 아닌 것 같다. 작용하면 평범하게 반작용하는 보통의 존재와는 달리, 그녀의 회로는 다르다. 자극을 받는 부위도 다르고 반작용하는 범위도 다르다. 그녀에게는 사람들이 인정하는 '당연'한 것이 없다. 그녀의 생각을 새로울 수밖에 없고, 자극적일 수밖에 없으며, 듣도 보도 못한 것일 수밖에 없다. 당연한 것이 없는 그녀가 가리는 것은 없었을 것이다. 그녀가 피어난 것이 존재의 이유라면, 그녀가 핀 그곳이 초원이든 사막이든, 날씨가 화창하든 비바람이 불든, 그녀는 가리지 않고 자신의 존재를 드러냈을 것이다.

어떤 시대를 만나, 어느 곳에서 피어났더라도, 꽃은 꽃이다. 이해할 수 없다고 포기해도 좋고, 그 매력을 시기해도 좋다. 그녀는 태어나 자신의 향기를 잔뜩 뿜어냈다. 그 향기에 대한 기록이 그녀의 글이라면, 아직까지 사람들은 놀랄지도 모른다. 이런 향기는 처음이라며 심지어는 알쏭달쏭함에 답답해할지도 모르겠다. 하지만 그녀는 평범하지 않았던, 당연하지 않은 아름다움을 지닌 꽃이었다. 향기를 한 번 맡고서 물음표가 떠오른다면, 다시 한 번 맡아보길 바란다. 곱씹고 곱씹어서, 내가 아는 향기에 대한 표현들로 그녀를 국한하지 말고, 그녀 그대로를 받아들이길 바란다. 그렇다면 어느 샌가, 나도 모르게 내게 베어든 그녀의 향기에, 당신도 납득될 것이다.

138

장애령 산문을 번역하며

백재연

처음 장애령의 작품을 본 건 책이 아닌 영화 〈색, 계(色, 戒)〉였다. 그 당시에는 이 영화의 원작자가 장애령 이라는 것은 몰랐었고, 단순히 영화가 무지 재미있어서 3번 정도 본 것이 기억난다.

그리고 수업 시간을 통해 장애령이라는 작가에 대해 공부하게 되었고 그녀의 작품에 대해 배울 수 있었는데, 그때서야 영화 〈색, 계(色, 戒)〉의 작가가 장애령이라는 사실을 알 수 있었다. 그녀의 성장과정과 일생에 대해 조금이나마 공부를 하고 다시 생각을 해보니 왜 그러한 작품이 나왔는지도 이해할 수 있었고, 본격적으로 번역을 시작 할 때에도 도움이 되었다. 번역을 하면서 이 작품이 특히나 산문이었기 때문에 장애령의 성격이나 그 당시 그녀가 어떤 생각을 갖고 있었는지 구체적으로 알 수 있었다. 하지만 그 당시의 중국에 대한 배경지식이나 역사에 대한 지식이 부족해서 완전히 이해하거나 더 깊숙이 장애령의 생각을 글로 표현하기는 쉽지 않았다.

내가 번역한 《속집》 자서에서는 특히 인물이나 글귀에 비유하는 문장이 꽤 있어서 번역하는데 있어 어려움이 적지 않게 있었다. 그래도 번역을 다 끝내고 보니 일단 내 자신은 이 작품이 이해가 되고 장애령이 무슨 말을 하고 있는지 알 수 있었지만, 과연 독자들도 번역된 이 작품을 읽었을 때 이해가 되는지 매끄럽지 않은 부분이 없는지 걱정이 돼서 몇 번이나 다시 읽고 수정하고, 주변 사람들에게 읽어보게 한 후에 수정하고를 반복해 번역을 끝냈다. 처음 해보는 번역이라 부족하고 어설픈 점도 많겠지만 그래도 혼자서 누구의 도움 없이 끝냈다는 희열과 보람이 있어서 후에 혹평을 받아도 이번만큼은 괜찮을 것 같다!

중간 중간에 다른 학우들이 번역한 작품도 읽어 보았는데 역시 장애령의 글은 어려웠다. 나만큼이나 번역하는데 어려움이 있었을 것이라고 생각했다. 장애령의 글에서는 항상 자신감이 넘치고 자기애가 굉장히 크다고 생각하게 하는데 이런 점 때문에 지금 까지도 장애령을 기억하고 그녀의 작품을 사랑하는 사람들이 많고 그러한 열린 생각과 자신감을 통해 나 또한 번역을 하면서 배운 점도 많았다.

그러나 혹시 다음번에도 장애령의 작품을 번역하고 싶은지 물어 본다면 대답은 노코멘트 하겠다! 비록 짧은 글의 산문이었지만 번역하면서 머리카락을 부여잡은 일이 한 두 번이 아니었기 때문에……

앞으로 장애령의 작품이 계속해서 번역되어 나오고 영화로도 많이 제작이 되었으면 좋겠다. 그래서 더 많은 사람들이 중국의 근 현대 작가 하면 장애령을 생각 할 수 있도록 되었으면 좋겠다.

나 역시 계속해서 관심을 가질 것이고 이번에 이런 기회가 생겨 새로운 도전을 시도하고 끝냈다는 것에 감사하다.

장애령 산문을 번역하며

공영은

나는 사실 장애령 뿐만 아니라 전체적인 중국 문학에 별로 관심이 없었다. 우리나라 문학작품도 섭렵하지 못한 내가 중국의 문학작품과 그 작가들에 대하여 얼마나 큰 관심이 있었겠는가. 노신을 비롯한 중국의 여러 문학 작가들의 작품의 배경이나 말하고자 하는 것들이 당시 작가들이 겪은 사회상과 관련이 있다는 것. 그것이 내가 아는 중국 문학 그리고 문학작가 들의 전부였다. 그러다 조금 특별한 케이스인 장애령과 장애령의 소설에 대하여 접하게 되었다.

그녀의 작품엔 사회상보다는 본인의 삶이 담겨있고 또한 주인공에 본인을 투영시키기도 했다. 그래서 그녀의 작품은 스스로 이야기 하듯 조금 특이하고 괴상하기도 하다. 사실 괴상하다는 느낌에까지 다다르게 된 이유는 아무리 사전을 찾아보며 번역을 하려고 노력해도 보통의 여대생인 내가 천재적인 그녀의 생각을 제대로 읽어내는 것은 너무나 어려웠기 때문이었다.

처음 번역을 시작 했을 땐 사실 너무나 막막했다. 중국어 자체가 한 글자의 뜻이 제법 여러 가지인데다가 단어와 문장도 제대로 구분하지 못하는 내가 단어를 하나 하나 찾고 단어임을 인식하고 게다가 번역을 하는 것은 정말 티끌을 모아 태산을 만드는 것과 다름없었다. 게다가 그녀의 작품과 그녀의 생각은 결코 만만치 않았고 여러번 교정을 해봐도 여전히 한 조각 빠진 퍼즐을 맞추는 것 같다는 느낌을 지우기 힘들었다. 그래서 나는 무작정 문장을 번역하기 보다는 그녀의 성장배경이나 삶에 주목했고 본인의 삶과 천재성을 다룬 이야기를 천천히 읽어보며 그녀를 이해하려 노력했다. 확실히 보통여인의 삶과는 확연히 달랐고, 날 적부터 타고난 재능과 순탄치 않은 가족 관계는 확실히 작품 속 문장들의 깊이에 힘을 실어주고 있었다. 그녀를 이해하고 그녀의 삶을 이해하다보면 어느새 조금은 그 깊이를 가늠은 할 수 있는 것 같다. 나도 그러한 삶의 배경으로 인하여 생긴 그녀의 가치관과 성격들을 조금씩 이해하며 감안하며 번역을 했기 때문이다. 이 글을 읽는 이들도 장애령의 남다른 삶에 대하여 이해하고 읽는다면 작품을 이해하는데 훨씬 도움이 될 것이다.

142

번역을 마치며

송봉은

　지금까지 내가 접하게 된 장애령의 작품은 이번에 번역한 『망연기(惘然記)』까지 모두 4작품이었다.

　처음 장애령의 산문을 접했을 때의 장애령이란 사람에 대해 굉장히 부정적으로 생각했었다. 비유컨대 자기 자신만의 세계 안에 갇혀서 자기는 뭔가 엄청 대단한 것 같고 자기는 엄청 특별하다는 생각을 가지고 있는, 요즘 흔히들 말하는 중2병에 걸린, 아직은 더 자라야 하는 청소년 같다고 할까. 솔직히 말해서 이 사람의 문장 한마디 한마디에 너무 허세가 느껴졌기 때문에 만약 이런 사람이 내 주위에 있다면 별로 친해지고 싶지 않은, 멀리하고 싶은 그럼 타입의 사람이었다.

　하지만, 그 다음 작품, 또 다음 작품을 읽으며 장애령이란 사람의 성장 배경과 인생에 대해 듣고 나니 그녀가 왜 이렇게 허세를 부리며 중2병 같았는지 이해할 수 있었다. 솔직히 장애령의 작품은 굉장히 마음을 울리고 애잔하고 여운이 남는 뭉클한 작품들이 많은 건 사실이다. 또한 같은 여자라는 입장이라 그런지 여자의 마음을 더 공감할 수 있고 여주인공의 내용에 몰입해서 볼 수 있는 것도 사실이다.

그녀의 문학적 표현력은 정말 뛰어나다. 딱 뭐라고 정의 내려지거나 표면으로 드러나는 표현력이 아니다. 어떠한 사실에 대해 가슴 속 깊은 곳에서 나도 그런 감정을 느껴 본적이 있지만 뭐라고 말로 형용할 수 없고 형체를 딱 떨어지게 말할 수 없는 것. 가슴속에서 끓어 넘치는 무언가가 너무나도 뜨겁게 부글거린다. 특히 이런 느낌을 나는 『사랑』이라는 작품에서 느꼈는데, 멀리서 바라보고 눈빛만으로 전하는 사랑을 수십 년이 흐르고 나서도 전하는 그 짧은 글에서 그 두 남녀의 사랑을 느낄 수 있었다라고 하는 지점에서 이 작가의 필력에 대해 감탄을 금치 못했다.

내가 번역한 『망연기』에서 들여다 본 장애령이란 사람은 다소 소심한 면이 있는 것 같다. 당시의 상황이 어땠을 지는 살아 본적이 없기 때문에 그 시대의 저작권 같은 게 어떤 구조로 되어있을지는 모르겠다. 하지만 자신의 작품을 한 번도 아니고 여러 번이나 저작권을 빼앗기고, 소심하게도 이건 내 작품이니 이것과 같은 작품을 보게 된다면 그건 내 작품이 도둑 맞은 거라 생각해 달라고 하고 있으니, 내 인식속의 장애령과는 사뭇 달랐다. 나는 왠지 그녀가 자기의 것을 빼앗긴 성난 망아지마냥 여기저기 소송을 걸 거라 생각했기 때문이다. 내 생각보단 너무나도 소심한 태도였기 때문에 내가 더 당황스러웠다. 아니면 저건 내 작품인 게 확실하니 독자님들도 알아서 생각하세요라며 주변 의식 안하고 마이웨이를 가는 모습이 신세대의 여성 같은 모습을 보이기도 했다.

처음과 현재 내가 생각하는 장애령이란 사람은 많이 달라졌다. 그녀의 허세적인 행동들이 이해가 가고 그런 그녀의 행동은 그녀에게 있어 당연한 모습으로 보인다. 반면에 아직 제대로 다 자라지 못해 미숙한 어른인 그녀가 너무나도 가엽기까지 했다. 그녀가 어릴 적 부모님의 사랑이라도 제대로 받았었더라면, 온전한 어른으로 거듭났더라면, 그 시대에 흔하지 않은 완벽한 사람이 되었을 텐데 이 부분에서 역시 사람은 완전할 수 없다는 머피의 법칙이 성립되는 것 같아 씁쓸했다.

처음 번역을 시작했던 그 때가 떠오른다. 교수님이 같이 번역을 해서 책을 내지 않겠냐고 제안했던 때가 떠오른다. 그때는 뭣 모르고 그저 내 이름이 출판되는 책에 들어간다는 얘기만 듣고 '이거 흥미진진한 일인데'라며 그 후에 일어날 일은 생각도 하지 않고 냉큼 그러겠다고 찬성했었다.

교수님께 번역할 원고를 받고 번역을 시작하려 책상에 앉았더니, 이럴수가… 첫 문장부터 뭐라고 하는지 막혀버렸다. 마지막 문장을 번역을 마치고 난 기분은 해방감이었다. 이제는 이렇게 어려운 문장을 가지고 끙끙 앓지 않아도 된다는 해방감에 너무나도 감격스러워 소리를 지르고 말았다.

이번 방학은 『망연기(惘然記)』에서 시작해서 망연기로 끝이 났다. 학기 중까지 더한다면 올 해 상반기를 장애령과 함께 보냈다. 처음엔 장애령에게 부정적인 생각이었으나 차츰차츰 연민을 느끼게 되었고, 나아가 그녀의 필력에 매료되었으니 장애령은 진정한 예술가가 아닐까 하는 생각이 든다.

장애령 산문을 번역하며

김하연

장애령의 사진을 처음 접했을 때가 아직도 생각난다. 치파오를 입은 그녀의 높은 콧대와 도도한 표정이 매우 인상 깊었다. 비단 그녀의 모습만이 인상 깊었던 것은 아니다. 장애령의 작품들 또한 나에게는 매우 강렬하게 다가왔다. 내가 처음 접했던 그녀의 작품은 『천재몽(天才夢)』이었는데, 짧은 단편이었지만 글을 읽는 순간 몽롱했던 그 기분을 여전히 기억한다. 어릴 적부터 자신의 천재인 것을 알았던 장애령. 그녀의 천재성은 작품에서도 섬세한 표현력을 통해 여실히 드러났다. 같은 여자이지만 너무나도 남다른 감성에 감탄을 하면서도 멀게만 느껴졌던 장애령이었다. 그런 그녀의 작품을 번역해야한다니, 내가 그녀의 감성을 따라갈 수 있을지 걱정부터 앞섰다.

다행히도 내가 번역해야하는 작품은 『표이세이급기타(表姨細姨及其他)』로, 그녀의 단편소설을 평론한 글에 대한 해설이 그 내용이다. 때문에, 그녀의 감성으로 글을 바라보기보다는 정확한 번역을 더욱 요하는 글이었다. 하지만 정확한 번역을 하는 것 또한 장애령의 감성을 느끼는 것만큼이나 힘든 문제였다. 가장 어려웠던 부분은 친척 간 호칭문제에 대한 내용을 해석하는 부분이었다. 한국으로 치면 당숙이니 이종사촌이

146

니 하는 복잡한 호칭들을 글쓴이가 사용한 단어들과 알맞게 번역하는 것은 여간 어려운 작업이 아니었다.

더욱이 글 안에 첨부되어있던 원매(袁枚)의 고전시가 작품「견흥(遣興)」은 그 어디에서도 해석본을 찾을 수가 없어 애를 많이 먹었다. 여러 도서관과 서점을 전전하면서 번역이 보통 힘든 일이 아니라는 것을 몸소 깨달았다. 내게 이번 경험은 번역이라는 색다른 작업을 처음 시도해 볼 수 있었던 시간이었다. 더욱이 단순한 에세이를 번역하는 것이 아니라 중국의 유명했던 작가, 장애령의 작품을 해석하는 일이었기 때문에 단순 번역작업보다도 더욱 의미 있게 다가왔다.

포털사이트에 '장애령'을 쳐보면 그녀의 작품을 영화화 한 〈색, 계(色, 戒)〉와 관련된 자료를 제외하고는 내용이 많이 나오지는 않는다. 그렇기 때문에 더 생소하고 낯설었던 장애령과 그녀의 작품을 이해하고 번역하기까지 꽤 오랜 시간이 걸렸다. 하지만 그녀의 작품을 통해서 그녀가 살던 시대의 상해로 시간여행을 할 수 있었던 아주 특별하고 소중한 경험이었다.

상하이를 사랑한 그녀
-장애령의 작품을 읽고

박혜은

장애령. 그녀의 인생의 굴곡을 그녀가 쓴 몇 편의 작품으로 느낄 수 있을까. 그녀는 상하이를 사랑했다. 그리고 내가 처음으로 여행을 떠난 곳도 상하이였다. 여기서 시작한 관심이 장애령의 작품을 번역하는 계기가 되었다고 하면 조금 비약일지도 모르겠다.

중국의 현대소설을 공부하다가 그녀의 작품을 만나게 되었다. 노신, 호적 등 유명한 작가의 작품을 공부했지만 내게 그다지 와 닿지 않았다. 그러던 중 독특한 감명을 준 작품이 있었다. 바로 장애령의 〈천재몽〉이었다.

'나는 이상한 계집아이다. 어릴 때부터 모두 천재라고 하였다. 나의 천재를 발전시키는 외에는 아무 생존의 목표가 없다.' 이는 나를 도발하는 것 같기도 했고 그녀에 대한 호기심을 더욱 유발했다. 자신을 천재라고 칭하며 이 천재성을 발현시키는 것이 생존의 목표라고 말할 수 있는 작가가 얼마나 있을까. 그러나 내가 느낀 그녀는 정말 천재였다. 천재여야만 했을 것이다.

148

그녀는 힘든 인생을 살았다. 부유한 집안에서 태어났지만 아버지는 방탕한 생활을 했고 어머니는 그런 아버지를 이해하지 못하는 소위 말하는 '신여성'이었다. 어머니는 28세의 젊은 나이에 해외유학을 떠나게 된다. 어린 시절 부모님의 부재로 인해 장애령은 더욱 예민해지고 많은 상처를 받았을 것이다. 그런 그녀가 찾은 유일한 돌파구가 '글'이 아니었을까 추측해본다. 그녀의 아픔은 그녀가 쓴 글에 솔직하게 담겨있다. 많은 사람들이 장애령의 글을 읽으며 특이하다고 느낄지 모르지만 두 번, 세 번 그녀를 이해하며 글을 읽다 보면 분명히 치유 받는 느낌을 받을 것이라고 장담한다.

장애령의 수필 및 자서(自序)를 번역하면서 소설과는 또 다른 매력을 느꼈다. 그녀가 느끼는 감정을 더 세심하게 표현했다는 느낌을 받았다. 번역을 하다보면 단어를 선택하는 데 있어 감탄을 금치 못하는 경우가 많았기 때문이다. 모든 사람들이 그녀의 글로 인해 많은 감명을 받고 그녀를 사랑하게 되었으면 좋겠다.

실력이 부족하고 시간이 넉넉하지 않아 많은 번역을 하지 못한 것이 아쉬웠지만 번역하는 내내 힘들고 괴로웠던 시간들이 지금은 행복으로 다가온다. 그녀를 조금이나마 더 이해하게 된 것 같아 기쁘다. 더불어 최종까지 교정을 봐주신 교수님께도 감사의 말씀을 전한다.

일상에서 뽑아내는 예리한 시선,
그러나 쓸쓸하다

이종철

　장애령 문학의 본령은 무엇일까. 왜 그토록 많은 사람들이 그녀의 작품을 좋아하고 또 그녀를 추억하는 것인가. 장애령에 다가갈수록 그런 궁금증이 증폭되는데, 자, 그렇다면 우리는 그에 대한 적확한 답을 찾아낼 수 있을까.

　우선 장애령에 대한 인기, 혹은 열풍은 작품에 앞서 장애령이라는 한 여성의 평범하지 않은, 드라마틱한 생애에서 비롯되는 바 크다. 그리하여 많은 이들이 장애령이 청말대신 이홍장의 외증손녀이며 대단한 명문가 출신이라는 점을 강조하고, 청에 대한 미련을 버리지 못하는 봉건적인 아버지와 서구유학을 꿈꾸는 당대 신여성인 어머니 사이에서 깊은 영향과 상처를 받았던 장애령을 이야기한다. 그리고 그녀가 조숙하고 비범한 상하이 여성이라는 점에 초점을 맞추고 당대 상하이의 정치, 문화적 판도 속에서 장애령의 도드라짐을 설명하기도 한다. 약관 20대의 나이에 상하이에서 높은 인기를 누렸던 세련되고 고고한 여성작가, 전쟁, 혁명과 같은 거창한 주제가 아니라 자신의 개인사와 여성들의 일상,

150

사랑, 결혼과 같은 평범한 이야기를 그러나 범속하지 않고 예리하게 담아냈다는 점은 강렬한 인상을 준다.

　장애령은 자신이 상하이 사람이라는 것에 강한 자부심을 가졌다. 하지만 장애령은 자신이 그토록 사랑하는 상하이를 떠났다. 혹은 떠날 수밖에 없었다. 개인의 자유와 가치를 중시하는 그녀로서는 새롭게 출발하는 사회주의 신중국이 자신과 맞지 않다고 생각했을 것이다. 이후 홍콩을 거쳐 미국으로 건너갔고 그 이후는 작품 활동도 많지 않았고 세간에 잘 나서지 않았다. 오히려 철저히 자신을 숨기며 은둔에 가까운 삶을 살았다. 그녀가 황금기를 보냈던 올드 상하이도 역사의 뒤편으로 사라졌다. 조계라는 치욕의 역사, 자본주의의 병폐로 얼룩진 도시라는 이유로 상하이는 이후 정부에 의해 의도적으로 억눌렸고 화려했던 올드 상하이는 박제가 되버렸다. 장애령의 작품도 금서가 되어 문학사에서 철저히 배제되었다. 하지만 대륙이 아닌 홍콩과 대만, 그리고 해외화교권에서는 이 섬세한 작가 장애령에 대한 인기가 계속되었고, 개혁, 개방이 가속화되던 90년대에 이르면 대륙에서도 장애령에 대한 열기가 다시 점화되면서 이른바 열풍이 불기 시작했다. 자, 이런 부분은 잘 알려진 내용이다. 장애령의 그러한 굴곡진 삶과 그 특이함은 장애령의 인기에 상당부분 기여하는 것 역시 사실이다. 가령 현대의 우리들에게 1930, 40년대의 상하이는 많은 것을 상상하게 하는 시공간이다. 물론 당시의 아시아 일대는 제국주의 침략과 신구문화의 충돌로 위태롭고 고통스러운 시기였지만, 많은 것들이 뒤섞이는 격렬한 과도기, 그리고 한 번도 경험해보지 못한 새로운 문물과 문화가 물밀듯이 밀려드는 시기였다. 그 안에는 수많은 이야기 거리가 있었고 그것은 역설적이긴 하지만 오늘날 우리에게, 비유컨대 평범한 시대를 사는 우리에게 많은 자극을 주는 것이다. 특히 당시의 상하이는 동서양의 문화가 혼재되며 아시아에서 가장 크고 번화한 도시문화를 만들어낸 공간이었고, 장애령은 바로 그 한복판에서 상하이의 여러 면모를 정교하게 담아낸 작가였던 것이다.

물론 장애령의 작품이 40년대 상하이에 국한되는 것은 아니다. 상하이를 떠난 뒤에도 장애령의 작품 활동은 계속되었다. 이번에 번역한 산문작품들은 대부분 그녀가 상하이를 떠난 뒤의 작품들이다. 여러 평자들이 장애령 문학을 시기별로 전기와 후기로 나누는데, 여기에 근거한다면 이번 작품들은 후기에 속하게 된다. 장애령의 산문을 30여 편 번역해 본 입장에서 생각해보면, 장애령의 문학, 그중에서도 산문은 시기와는 크게 상관없이 전반적으로 공통된 기조가 있는 것 같다. 그것을 거칠게 요약해본다면, 아마도 세상에 대해 느끼는 쓸쓸한 감정이 아닐까 싶다. 가령 장애령은 자신을 둘러싼 어떤 상황이나 사건, 혹은 풍경에 대해 늘 예리하고 정교한 묘사와 분석을 하지만 거기에는 항상 어쩔 수 없는 쓸쓸함이 묻어있는 것 같다. 마치 세상에 대해 미리 다 알아버린 이의 관조적이고 측은한 시선 같은 것들이 담겨있다. 좀 더 구체적으로 이야기해보자. 장애령은 자신의 작품『색, 계(色, 戒)』를 비판적으로 본 외국인 평자의 글에 대해 조목조목 반박하면서 자신의 입장을 밝히지만, 그 속에서 피로와 쓸쓸함이 느껴진다. 「호적선생을 추억하며」

와 같은 작품을 보면, 한 때 자신의 우상이었던 호적선생과의 인연을 상세히 묘사하며 때로는 즐겁게 그를 추억하지만 문장 말미에는 그리움과 허무함, 쓸쓸함이 진하게 배어져 나온다. 작품 「사람을 만들다」는 일견 시니컬하게 보이지만 그 역시도 치열함보다는 왠지 모를 허무감과 비애가 앞선다. 어쩌면 문학을 포함한 모든 예술이 출현하게 된 것은 바로 그 쓸쓸함, 허무감, 그리고 인생이 본래부터 갖는 생래적인 비애감 같은 것들 때문인지도 모르겠다. 장애령의 특별함은 바로 그것들을 자연스럽고도 일관되게 표현해 낸다는 것일까. 혹은 그러한 허무감과 비애감을 떨쳐내기 위해서 문학을 선택한 것이 아니었을까.

장애령의 여러 작품들은 허안화, 관금붕, 후효현, 리안 등 중화권의 일류 감독들에 의해 여러 차례 영화화 된 바 있다. 그들이 대륙이 아닌 홍콩과 대만출신이라는 점이 또한 흥미롭다. 그들의 또 다른 공통점이라면 그들의 연출이 무척이나 섬세하고 감성적이라는 것이다. 홍콩과 대만, 그리고 세상과 인간을 바라보는 그들의 예리하고 섬세한 시선은 장애령, 그리고 그녀의 작품들과 자연스럽게 겹쳐진다. 개인적으로 한 명을 더하라면 왕가위 감독을 들고 싶다. 비록 왕가위가 장애령의 작품을 영화화 하지는 않았지만, 그의 작품을 보면 자연스레 장애령이 연상된다. 그의 영화 역시 쓸쓸함과 허무감이 짙게 배여 나온다. 아, 인생이란 그렇게도 쓸쓸한 것이란 말인가. 물론 장애령의 문학과 앞서 열거한 감독들의 영화가 단순히 인생의 쓸쓸함만을 표현하는 것은 아니다. 우리네 인생은 그럼에도 불구하고 묵묵히 걸어가야 하고 결과를 알면서도

역자후기

어쩔 수 없이 부딪혀야 하는 일들이 많기 때문이다. 단지 장애령은 일
찌감치 그러한 사실을 간파했던 조숙한 사람이었고 숙명적으로 그 쓸쓸
함을 끌어안았던 작가였을 것이다.

저자소개

장애령(張愛玲, 1920-1995)

장애령은 1920년 상해 명문가의 집에서 태어났다. 조부는 청말의 관료였고 조모는 양무운동을 이끈 청말의 세력가 이홍장의 딸이었다. 부유한 어린 시절을 보냈지만 신구문화가 충돌하는 격변기에서 굴곡진 청소년기를 보냈다. 두 살 무렵 어머니는 서구로 유학, 열 살이 되던 해 결국 부모는 이혼했다. 세 살 때부터 당시를 암기할 정도로 영민했고 십대 시절부터 시와 산문, 소설을 쓰기 시작했다. 고교를 졸업한 장애령은 영국유학을 준비, 런던대학 입학시험에 1등으로 합격했지만 2차 세계대전의 발발로 뜻을 이루지 못했다. 홍콩대학에 진학하여 학업을 이어갔지만 1941년 일본군의 홍콩점령으로 학업을 다 마치지 못하고 상해로 돌아왔다. 이때부터 본격적으로 작품을 발표하여 20대 나이에 당대 문단에서 높은 인기를 누렸다.

장애령은 신구문화가 충돌하고 동서양의 문화가 뒤섞인 용광로 같은 당시의 상해의 모습과 그곳에 살았던 사람들을 다양한 관점에서 섬세하고 유려하게 표현했다. 신중국 성립 후 홍콩을 거쳐 미국으로 이민했고 1995년 세상을 떴다. 장애령의 여러 작품들은 계속해서 영화화, 드라마화 되었으며 개혁, 개방이후 개인의 가치에 눈을 돌리기 시작한 중국인들에게 강하게 어필하면서 사후에도 뜨거운 인기를 얻고 있다. 최근 불고 있는 올드 상해에 대한 노스텔지어의 한복판에도 장애령이 서 있다고 할 수 있다. 『첫번째 향로』, 「반생연」, 『경성지련』, 『붉은 장미, 흰 장미』, 『금쇄기』, 『색계』, 『앙가』 등의 여러 소설과 「천재의 꿈」, 「고모의 어록」, 「망연기」 등 80여 편의 산문 및 여러 편의 시나리오를 남겼다.

역자소개

이종철

상하이 복단대 중문학 박사

여러 대학에서 강사와 교수를 역임

현 연세대, 삼육대에서 강의

『올드상해의 추억-장애령 산문선』 등 10권의 저서와 역서가 있음

역자소개

나슬기

상하이 희극학원 석사과정 연기 전공

중국과 한국에서 인정받는 배우가 되는 것이 목표

방민지

삼육대 중국어과 4학년

백채연

삼육대 중국어과 4학년

박혜은

삼육대 중국어과 4학년

박소정

삼육대 중국어과 4학년

김슬기

삼육대 중국어과 3학년

송봉은

삼육대 중국어과 4학년

유소완

삼육대 중국어과 4학년

김하연

삼육대 중국어과 3학년

공영은

삼육대 중국어과 4학년

노소영

삼육대 중국어과 4학년

상하이에서 온 여인 〈장애령 산문선〉

초판 인쇄 2015년 2월 05일
초판 발행 2015년 2월 10일

지 은 이| 장애령
엮 은 이| 장애령 연구모임
펴 낸 이| 하운근
펴 낸 곳| 學古房

주   소| 서울시 은평구 대조동 213-5 우편번호 122-843
전   화| (02)353-9907 편집부(02)353-9908
팩   스| (02)386-8308
홈페이지| http://hakgobang.co.kr/
전자우편| hakgobang@naver.com, hakgobang@chol.com
등록번호| 제311-1994-000001호

ISBN   978-89-6071-436-6 03820

값 : 10,000원

이 도서의 국립중앙도서관 출판시도서목록(CIP)은 서지정보유통지원시스템 홈페이지
(http://seoji.nl.go.kr)와 국가자료공동목록시스템(http://www.nl.go.kr/kolisnet)에서 이용하실 수
있습니다.(CIP제어번호: CIP2015003782)

■ 파본은 교환해 드립니다.